ISBN:9798413542385

Inhaltsverzeichnis

Einführung des Übersetzers

„Normalerweise zeigen die Leute nicht, wie schrecklich sie sind. Aber sie sind wie eine ruhig grasende Kuh, die plötzlich den Schwanz hebt und nach der Bremse schlägt. Es genügt, dass ihnen die Gelegenheit gegeben wird, ihre entsetzliche Natur zu zeigen. Ich erinnere mich, dass mir vor Schrecken die Haare zu Berge standen, wenn ich daran dachte, dass dieser angeborene Charakter eine wesentliche Bedingung für das menschliche Überleben ist. Als ich darüber nachdachte, verlor ich jegliche Hoffnung auf die Menschheit."

Erstmals 1948 veröffentlicht, ist „ *Gezeichnet* "einer der berühmtesten Romane der zeitgenössischen japanischen Literatur. Sein umstrittener und brillanter Autor, Osamu Dazai, hat zahlreiche Episoden seines turbulenten Lebens in die drei Notizbücher aufgenommen, aus denen dieser Roman besteht, und die in der ersten Person und deutlich den fortschreitenden Niedergang als Mensch von Yozo, einem jungen Studenten aus, erzählen der Provinz, die in Tokio ein ausschweifendes Leben führt. Yozo, der nach einem Selbstmordversuch von seiner Familie verstoßen wurde und nicht in der Lage ist, in Harmonie mit seinen heuchlerischen Kollegen zu leben, lebt als Karikaturist in ärmlichen Verhältnissen und lebt dank der Hilfe von Frauen, die sich trotz seines Alkoholismus und seiner Morphinsucht in ihn verlieben. Doch nach Yozos rücksichtslosem Porträt seines Lebens ändert Dazai plötzlich seine Sichtweise und zeigt uns durch die Stimme einer der Frauen, mit denen Yozo zusammenlebte, eine ganz andere Darstellung des tragischen Protagonisten dieser verstörenden Geschichte.

Gezeichnet ist im Laufe der Jahre zu einem der beliebtesten Werke der japanischen Literatur geworden und hat sich seit seiner Erstveröffentlichung im Jahr 1948 mehr als zehn Millionen Mal verkauft.

Gezeichnet

Osamu Dazai

Prolog

Ich habe drei Fotos von diesem Mann gesehen. Der erste stammte, so könnte man sagen, aus seiner Kindheit, er war ungefähr zehn Jahre alt. Er war von einer großen Anzahl von Frauen umgeben – ich nehme an, es waren seine Schwestern und Cousinen – , die am Rand eines Gartenteichs standen, gekleidet in einen **Hakama**[1], spärlich gestreift. Sein Kopf war etwa dreißig Grad nach links geneigt und er trug ein böses Lächeln. Unangenehm? Vielleicht würden Menschen mit wenig Sensibilität für Schönheitsfragen beiläufig sagen: „Was für ein lustiges Kind!"

Obwohl es eigentlich „lustig" genug war, dass dieses vage Kompliment an das Gesicht des Kindes nicht fehl am Platz wirkte, würde jemand mit nur wenig ästhetischem Sinn ausrufen: „Was für ein schreckliches Kind!" auf den ersten Blick

---

[1] Eine Art langer Hosenrock, der bei formellen Anlässen zum Kimono getragen wird. (Alle Fußnoten stammen vom Übersetzer).

und vielleicht würde er das Foto angewidert wegschlagen, wie einer, der eine Raupe verjagt.

Je länger man das lächelnde Gesicht des Kindes betrachtete, desto mehr machte es natürlich einen unbeschreiblich finsteren Eindruck. Es war nicht wirklich ein lächelndes Gesicht. Der Junge lächelte überhaupt nicht. Ein Beweis dafür war, dass seine Fäuste geballt waren. Niemand kann mit geballten Fäusten lächeln. Es war ein Affe. Das lächelnde Gesicht eines Affen, ganz zerknittert. Es war ein so seltsames Gesicht, dass man ausrufen wollte: „Was für ein faltiger kleiner Junge!, so widerlich, dass es mir den Magen umdrehte. Ich habe noch nie ein Kind mit einem so seltsamen Ausdruck gesehen.

Das Gesicht auf dem zweiten Foto war so anders, dass es überraschend war. Es stammt aus der Studentenzeit. Man konnte nicht sagen, ob er in der High School war oder schon auf dem College, aber er war ein außergewöhnlich gutaussehender Junge. Aber wieder geschah etwas Seltsames: Es machte nicht den Eindruck, ein Lebewesen zu sein. Er trug eine Uniform, aus der Brusttasche ragte ein weißes Taschentuch, und er saß im Schneidersitz auf einem Korbstuhl. Auch er lächelte, aber diesmal war es nicht das faltige Gesicht eines Affen, sondern ein intelligentes Lächeln. Es war jedoch anders als das Lächeln eines Menschen. Wie sagt man? Es fehlte das Gewicht des Blutes, die Rauheit des Lebens. Es erzeugte nicht die Wirkung, Substanz zu haben; Es war nicht einmal das Gewicht eines Vogels, kaum das einer Feder. Es war ein einfaches weißes Blatt Papier mit einem völlig künstlichen Lächeln. Die Verwendung der Adjektive pedantisch, frivol, falsch wäre wenig. Und natürlich hat der Begriff Dandyismus auch nicht funktioniert. Bei näherer Betrachtung erzeugte dieser gutaussehende Student jedoch ein erschreckendes, unheilvolles Gefühl. Ich habe noch nie einen so hübschen Jungen so eigenartig aussehen sehen.

Das letzte Foto war das schrecklichste von allen. Sein Alter konnte nicht erraten werden, obwohl das Haar etwas grau gesträhnt zu sein scheint . Es war in einem sehr heruntergekommenen Zimmer; es war klar, dass die Mauer an drei Stellen bröckelte. Diesmal lächelte er nicht, noch hatte er irgendeinen Gesichtsausdruck. Er saß in einer Ecke und wärmte seine Hände in einem kleinen Kohlenbecken. Das Foto machte den düsteren Eindruck, dass er im Sterben lag. Es war gruselig. Und nicht nur das. Die Größe des Gesichts auf dem Bild ermöglichte es mir, seine Gesichtszüge im Detail zu beobachten; die Stirn war normal und die Falten ebenso, wie Augenbrauen, Augen, Nase und Kinn. Aaah… es lag nicht nur daran, dass das Gesicht ausdruckslos war; es machte auch keinen Eindruck. Es hatte keine eigenen Eigenschaften. Als ich meine Augen schloss, nachdem ich das Foto gesehen hatte, verschwand das Gesicht aus meiner Erinnerung. Ich konnte mich an die Wand und das kleine Kohlenbecken erinnern; aber der Eindruck auf dem Gesicht war verblasst, und es gab keine Möglichkeit, sich daran zu erinnern. Ein Porträt von ihm könnte niemals gemalt werden, nicht einmal eine Karikatur. Es gäbe nicht einmal die Genugtuung, beim Öffnen der Augen ausrufen zu können: „Ah, das war das Gesicht!“ Um es auf das Extremste auszudrücken, als ich meine Augen öffnete und es wieder ansah, konnte ich es auch nicht erkennen. Es war ärgerlich, irritierend bis zu dem Punkt, an dem ich wegschauen musste.

Auch eine Totenmaske wäre ausdrucksstärker und würde mehr Eindruck hinterlassen. Ich fragte mich, ob das Aufsetzen des Kopfes eines Packpferdes auf einen menschlichen Körper ein solches Gefühl hervorrufen würde. Wie auch immer, als ich ihn ansah, überkam mich Ekel. Nie zuvor hatte ich ein so seltsames menschliches Gesicht gesehen.

Erstes Notizbuch

Mein Leben war voller Scham. Die Wahrheit ist, dass ich keine Ahnung habe, wie es ist, als Mensch zu leben. Da ich in der Provinz Tohoku geboren wurde, war ich schon ziemlich alt, als ich zum ersten Mal einen Zug sah. Ich widmete mich dem Auf- und Abgehen, immer und immer wieder auf der Hochbrücke des Bahnhofs, ohne dass mir auffiel, dass sie gebaut worden war, um die Gleise zu überqueren; Es schien mir, dass seine Funktion darin bestand, dem Bahnhof einen unterhaltsamen Ort westlicher Art zu bieten. Das dachte ich lange. Ich hatte eine wunderbare Zeit, die Brücke auf und ab zu gehen, was für mich die eleganteste Ablenkung und der beste Service war, den die Eisenbahngesellschaft bot. Als ich erfuhr, dass es nur ein Mittel für Reisende war, um auf die andere Seite zu gelangen, schwand mein Interesse.

Außerdem hatte ich als kleines Kind Illustrationen der U-Bahn gesehen, ich fand es ein unterhaltsames Spiel und konnte mir nicht vorstellen, dass es nur der Beförderung von Menschen dient.

Ich war ein kränkliches Kind, das oft im Bett bleiben musste. Wenn ich mich hinlegte, dachte ich oft darüber nach, wie langweilig die Muster auf den Bettbezügen und Kissen waren. Erst in meinen Zwanzigern wusste ich, dass diese Hüllen nur einen praktischen Nutzen hatten, und ich war demoralisiert, wie dunkel die menschliche Seele war.

Ich hatte nie Hunger. Damit meine ich nicht, dass ich in einer wohlhabenden Familie aufgewachsen bin; Ich habe nicht so eine dumme Absicht. Ich meine, ich kannte das Gefühl von Hunger nie. Es scheint ein seltsamer Ausdruck zu sein, aber selbst wenn ich hungrig war, habe ich es nicht bemerkt. Als ich von der Schule zurückkam, gingen die Leute zu Hause davon aus, dass ich einen großen Appetit haben würde. Als ich älter war, in der High School, erinnere ich mich, dass mir Sojagelee, Kuchen oder Brot angeboten wurde, was für Aufsehen sorgte. Von meiner Tendenz zu gefallen mitgerissen, plapperte ich, dass ich hungrig sei und schluckte zehn Bonbons Sojagelee, wobei ich mich fragte, ohne zu verstehen, wie es wäre, hungrig zu sein.

Natürlich esse ich ziemlich viel; aber ich kann mich nicht erinnern, es jemals aus Hunger getan zu haben. Ich esse gerne besondere und luxuriöse Dinge. Wenn ich eingeladen werde, esse ich fast alles, auch wenn es sehr anstrengend ist. Eigentlich waren die schwersten Zeiten des Tages als Kind die Mahlzeiten.

Bei mir zu Hause in der Provinz aß die ganze Familie – wir waren ungefähr zu zehnt – zusammen, wobei unsere einzelnen Tische in zwei parallelen Reihen einander gegenüber standen. Da ich der letzte Bruder war, war ich auf dem niedrigsten Rangplatz.

Im Halbdunkel des Raumes und in völliger Stille aßen etwa zehn Personen Mittagessen und andere Mahlzeiten. Dadurch wurde mir immer kalt. Da wir eine traditionelle Landfamilie waren,

waren die Beilagen immer stark und es war nichts Besonderes oder Luxuriöses zu erwarten.

Mit der Zeit wuchs mein Entsetzen vor den Mahlzeiten. Ich saß an der schlimmsten Stelle in diesem dunklen Raum und zitterte vor Kälte, schob einen kleinen Bissen nach dem anderen und fragte mich, warum die Leute dreimal am Tag essen mussten.

Sie aßen alle mit äußerster Ernsthaftigkeit. Ich kam zu dem Schluss, dass es sich um eine Art Familienzeremonie handelte, die dreimal am Tag stattfand: Zur festgelegten Zeit versammelten wir uns alle in dem schlecht beleuchteten Raum, bevor die Tische der Reihe nach aufgereiht wurden, und wir, mit oder ohne Essenswunsch, wir kauten schweigend unser Essen, vielleicht um die Geister zu besänftigen, die dort wimmelten.

Es wird oft gesagt, dass man stirbt, wenn man nicht isst; Aber in meinen Ohren klingt das nach böswilliger Einschüchterung. Dieser Aberglaube - ich habe bis jetzt nicht aufgehört zu denken, dass es darum geht - macht mir immer wieder Angst und Unbehagen. Wenn Menschen nichts essen, sterben sie; und deshalb sind sie gezwungen zu arbeiten, um zu essen. Für mich gab es nichts, was schwerer verständlich und bedrohlicher klang als diese Worte.

Man könnte sagen, ich habe noch nicht verstanden, was den Menschen am Leben erhält. So wie es aussieht, steht meine Vorstellung von Glück in völligem Gegensatz zu der anderer Menschen, und das Unbehagen, das es erzeugt, lässt mich nachts in meinem Bett hin und her wälzen. Meine Vernunft hat mich sogar beeinflusst. Ich frage mich, ob ich glücklich bin. Seit ich klein war, wurde mir oft gesagt, dass ich Glück habe; aber meine Erinnerungen sind, in der Hölle gelebt zu haben. Diejenigen hingegen, die mich glücklich nannten, scheinen unvergleichlich glücklicher gewesen zu sein als ich.

Ich habe so viele Unglücksfälle durchgemacht, dass ein einziges davon mehr als genug mit dem Leben eines jeden enden könnte. Bis dahin bin ich zum Nachdenken gekommen. Die Wahrheit ist, dass ich die Art oder das Ausmaß des Leidens anderer weder verstehen noch mir vorstellen kann. Vielleicht haben die Leiden praktischer Art, die mit einer Mahlzeit gemildert werden können, eine Lösung und sind deshalb am wenigsten schmerzhaft. Oder es kann eine ewig brennende Hölle sein, die meine lange Leidensliste übersteigt; aber das macht sie mir noch unverständlicher.

Aber wenn sie weiterleben können, ohne zu töten oder verrückt zu werden, sich für politische Parteien zu interessieren und ohne die Hoffnung zu verlieren, kann man das Leiden nennen? Mit ihrem Egoismus sind sie davon überzeugt, dass die Dinge so sein sollten, ohne jemals an sich selbst gezweifelt zu haben. Wenn dies der Fall ist, ist das Leiden sehr erträglich. Vielleicht ist das der Mensch, und das ist das Höchste, was wir von ihm erwarten können. Ich weiß nicht…

Ich nehme an, dass Sie nach einem tiefen Schlaf erfrischt aufwachen werden. Welche

Träume werden sie haben? Was werden sie denken, wenn sie die Straße entlang gehen? An Geld? Das kann es nicht sein! Ich erinnere mich, dass ich die Theorie gehört habe, dass Menschen leben, um zu essen, aber ich habe noch nie jemanden sagen hören, dass er lebt, um Geld zu verdienen. Natürlich nicht. Aber unter Umständen ... Nein, das verstehe ich auch nicht. Je mehr ich nachdenke, desto weniger verstehe ich. Ich werde von Unruhe und Angst heimgesucht, mich anders zu fühlen als alle anderen. Ich kann mich kaum mit meinen Mitmenschen unterhalten. Ich weiß nicht, was ich sagen soll oder wie ich es sagen soll.

So kamen Possen zu mir. Es war meine letzte Chance, die Zuneigung der Menschen zu gewinnen. Obwohl ich Menschen so sehr fürchtete, schien ich sie nicht aufgeben zu können. Und diese Eskapaden waren die einzige Linie, die mich mit den anderen verband. An der Oberfläche gelang es mir, ein Lächeln zu bewahren, das meine Lippen nie verließ; dies war die Unterkunft, die ich anderen anbot, eine äußerst prekäre Leistung, die von mir nur auf Kosten qualvoller innerer Anstrengungen erbracht wurde.

Seit ich klein war, hatte ich nicht die geringste Ahnung von den Leiden meiner eigenen Familie oder was sie dachten. Ich war mir nur meiner eigenen Ängste und Beschwerden bewusst. Irgendwann wurde ich zu einem Kind, das nie die Wahrheit sagen konnte. Auf den Familienfotos hatten alle die ernstesten Gesichter. Es ist seltsam, nur ich lächelte. Es war eine meiner üblichen kindischen Possen.

Auf Ermahnungen meiner Familie habe ich nie reagiert. Ich war überzeugt, dass es die Stimme der Götter war, die aus alten Zeiten zu mir kam. Als ich ihnen zuhörte, hatte ich das Gefühl, ich würde den Verstand verlieren; Und natürlich war ich nicht in der Lage zu antworten, ganz im Gegenteil. Diese Stimmen klangen für mich wie „die Wahrheit", da sie viele Jahrhunderte zurücklagen.

Und da ich keine Ahnung hatte, wie ich mit dieser Wahrheit umgehen sollte, begann ich zu denken, dass es mir nicht möglich sei, mit anderen Menschen zusammenzuleben. Aus diesem Grund konnte ich nicht argumentieren oder mich verteidigen. Wenn jemand etwas Unangenehmes über mich sagte, schien es mir, als würde ich einen großen Fehler machen. Ich habe diese Angriffe jedoch immer schweigend erhalten; obwohl ich mich innerlich vor Panik verrückt fühlte. Natürlich wird niemand gerne kritisiert oder verärgert.

Normalerweise zeigen die Leute nicht, wie schrecklich sie sind. Aber sie sind wie eine ruhig grasende Kuh, die plötzlich den Schwanz hebt und nach der Bremse schlägt. Es genügt, dass ihnen die Gelegenheit gegeben wird, ihre entsetzliche Natur zu zeigen. Ich erinnere mich, dass mir vor Schrecken die Haare zu Berge standen, wenn ich daran dachte, dass dieser angeborene Charakter eine wesentliche Bedingung für das menschliche Überleben ist. Als ich darüber nachdachte, verlor ich jegliche Hoffnung auf Menschlichkeit.

Ich hatte schon immer Angst vor Menschen und aufgrund meines mangelnden Vertrauens in meine Fähigkeit, wie ein Mensch zu sprechen oder zu handeln, hielt ich meine einsamen Qualen in meiner Brust verschlossen und meine Melancholie und Unruhe hinter naivem Optimismus verborgen. Und mit der Zeit perfektionierte ich meine Rolle als seltsamer Possenreißer.

Es war mir egal, wie; das Wichtigste war, sie zum Lachen zu bringen. Auf diese Weise könnte es den Menschen nichts ausmachen, dass ich aus ihrem täglichen Leben herausgehalten wurde. Was ich unbedingt vermeiden musste, war, ihnen lästig zu werden. Es muss wie das Nichts sein, der Wind, der Himmel. In meiner Verzweiflung brachte ich nicht nur meine Familie zum Lachen, sondern auch die Bediensteten, die ich noch mehr fürchtete, weil sie für mich unverständlich waren.

Einmal, mitten im Sommer, ging ich vermeintlich in einem roten Pullover unter meinem leichten Kimono durch die Gänge und alle lachten sich tot.

„ **Yozo**[1], du siehst schrecklich aus", sagte mein älterer Bruder, der fast nie lachte, in einem abweisend liebevollen Ton.

Selbst ich bin nicht so kälte- und hitzeunempfindlich, dass ich an den heißesten Tagen einen Pullover trage. Ich hatte die Leggings meiner kleinen Schwester angezogen, so dass sie

---

[1] Yozos vertrautes Diminutiv.

aus den Kimonoärmeln herausschauten und aussahen, als würde ich einen Pullover tragen.

Mein Vater reiste früher geschäftlich so oft nach Tokio, dass er sogar eine Wohnung in **Sakuragicho**[1] im Ueno-Viertel hatte. Er verbrachte mehr als einen halben Monat in diesem Haus und brachte bei seiner Rückkehr viele Geschenke für die Familie und die Verwandten mit. Es war etwas, was er gerne tat.

Eines Abends, bevor er nach Tokio aufbrach, versammelte er alle Kinder im Besuchsraum und fragte jeden von uns lächelnd, was er uns mitbringen sollte, und notierte die Antwort auf der Tagesordnung. Es war ungewöhnlich, dass er uns gegenüber so liebevoll war.

„Und du, Yozo?" Er hat gefragt.

Ich stammelte und konnte nicht antworten.

Als er mich plötzlich fragte, was ich wollte, fiel mir als erstes ein, dass ich nichts wollte. Mir kam in den Sinn, dass es keinen Unterschied macht; jedenfalls würde mich nichts glücklich machen. Aber gleichzeitig war ich nicht in der Lage, etwas abzulehnen, das mir angeboten wurde, egal wie widersprüchlich es meinem eigenen Geschmack war. Wenn mir etwas nicht gefiel, konnte ich es nicht deutlich sagen; und wenn mir etwas gefiel, nahm ich es schüchtern hin, als wäre es äußerst

---

[1] Sakuragicho ist ein beliebter Treffpunkt für Einheimische, die in Yokohama essen gehen oder sich vergnügen möchten, sowie ein bequemer Ausgangspunkt, um die Innenstadt der Stadt zu erkunden (Quelle: https://www.japan.travel/en/spot/1605 /)

bitter. Kurz gesagt, ich konnte mich nicht zwischen zwei Alternativen entscheiden. Dies war eine meiner Eigenschaften, die später zur Hauptursache meines beschämenden Lebens wurde.

Während ich dort war, ruhig und zögernd, schien mein Vater ein wenig angewidert.

„Es könnte ein Buch sein, oder? Oder eine Löwenmaske, wie sie für Neujahrstänze verwendet wird. In Asakusa-Läden verkaufen sie Kinder zu vernünftigen Preisen. Willst du keine?“

Er fragte mich, ob ich etwas wollte, aber ich wusste nicht, was ich sagen sollte. Ich habe nicht einmal eine lustige Antwort bekommen. Der Narr hatte versagt.

„Ein Buch wäre schön, oder?“ Mein Bruder mischte sich mit ernster Miene ein.

"Oh ja?" Sagte mein Vater, die Illusion verschwand vollständig aus seinem Gesicht und er schloss die Tagesordnung abrupt, ohne sich die Mühe zu machen, etwas aufzuschreiben.

Was für ein Misserfolg . Das hatte meinen Vater wütend gemacht, und ich muss seine Rache gefürchtet haben. Ich musste etwas tun, bevor es zu spät war. In dieser Nacht zerbrach ich mir zitternd unter der Bettdecke den Kopf, um eine Lösung zu finden. Schließlich stand ich auf, ging ins Besuchszimmer, öffnete die Schreibtischschublade, in der mein Vater seine Agenda aufbewahrte, öffnete sie und blätterte durch die Seiten, bis ich fand, wo die Geschenkbestellungen aufgelistet waren. Ich leckte die Spitze eines Bleistifts ab, schrieb »Löwenmaske« auf und ging wieder ins Bett.

Eigentlich wollte ich die Maske für den Löwentanz überhaupt nicht; Ein Buch wäre mir sogar lieber gewesen. Aber ich hatte gemerkt, dass mein Vater mir eine Löwenmaske kaufen wollte, und da ich wollte, dass er seine gute Laune wiedererlangte, hatte ich es gewagt, mich mitten in der Nacht in das Besuchszimmer zu schleichen.

Diese Notfallmaßnahme war erwartungsgemäß von Erfolg gekrönt. Als mein Vater aus Tokio zurückkam, hörte ich seine dröhnende Stimme aus dem Kinderzimmer, als er meiner Mutter sagte:
„Ich war in einem der Spielzeugläden in Asakusa und habe das Tagebuch geöffnet; jemand hatte 'Löwenmaske' geschrieben. Und es war nicht meine Handschrift. Ich war sehr überrascht, obwohl mir das sofort klar wurde. Es war ein Streich von Yozo. Als ich zurückkam, fragte ich ihn, und er schwieg und lachte nervös. Er muss es unbedingt haben wollen. Was für ein seltsames Kind! Er tut so, als ob ihn nichts interessiert und schreibt dann deutlich, was er will. Wenn er die Maske so sehr wollte, warum hat er es mir dann nicht von Anfang an gesagt? Mitten im Laden fing ich an zu lachen! Komm schon, sag ihm, er soll kommen.“

Einmal versammelte ich die Bediensteten im westlichen Zimmer und bat einen der Bediensteten, die Klaviertasten nach Belieben zu schlagen – obwohl wir in der Provinz lebten, hatte unser Haus den Komfort der Stadt – und im Rhythmus davon Musik führte ich eine Art indischen Tanz vor, der alle zum Lachen brachte. Einer meiner Brüder hat ein Foto von meiner Vertretung gemacht. Als wir es sahen, stellte sich heraus, dass zwischen den beiden weißen Baumwollballentaschentüchern, die ich als Lendenschurz gelegt hatte, mein kleiner Penis herausschaute, was wiederum Grund zu großer Freude war. Dies war wohl ein Erfolg, der meine Erwartungen weit übertroffen hat.

Damals hatte ich ein Dutzend Kinderzeitschriften im Monat abonniert und bestellte auch allerlei Bücher aus Tokio. Ich wurde ein Fan von Dr. Blatherskite und Dr. Besserwisser und lernte von **Edo**[1] gruselige Geschichten, Abenteuer, komische Geschichten und Liedchen kennen, die ich mit größter Ernsthaftigkeit porträtierte und jeden zu Hause zum Lachen brachte.

Aber was ist mit der Schule? Es schien, als würde ich mir den Respekt aller verdienen. Obwohl die Tatsache, dass sie mich respektierten, bei mir eine gewisse Panik auslöste. Meine Vorstellung von jemandem, der respektiert wurde, bestand aus einer Person, die es geschafft hatte, andere fast perfekt zu täuschen, die aber, wenn sie von einem allwissenden und allmächtigen Wesen gesehen wurde, in einer Schande gedemütigt wurde, die schlimmer war als der Tod. Selbst wenn

---

[1] Name von Tokio bis 1868, dem Jahr der Meiji-Restauration.

ich die Menschen dazu bringen würde, mich zu respektieren, würden einige von ihnen es bemerken; und wenn ich den anderen von der Täuschung erzähle, dann würde der Zorn der Menschen zu einer schrecklichen Rache führen. Allein der Gedanke daran ließ mir die Haare zu Berge stehen.

Dieser High-School-Ruhm war nicht nur dem vermeintlichen Talent zu verdanken, sondern Sohn einer wohlhabenden Familie zu sein. Als Kind war ich kränklich, so dass ich oft ein oder zwei Monate Unterricht oder sogar ein ganzes Jahr verpasste, weil ich im Bett lag. Als ich mich jedoch erholte und in einer **Rikisha**[1] zur Schule ging, um die Abschlussprüfungen abzulegen, hatte ich immer die besten Noten.

Als ich mich gut fühlte, lernte ich überhaupt nicht. Ich verbrachte meinen Unterricht damit, Comics zu zeichnen, die ich in den Pausen meinen Klassenkameraden erklärte, um sie zum Lachen zu bringen. In den Kompositionen habe ich nur Unsinn geschrieben, also haben die Lehrer meine Aufmerksamkeit erregt, obwohl sie mich nicht korrigieren konnten. Der Grund dafür ist, dass ich wusste, dass sie insgeheim viel Spaß beim Lesen dieser absurden Geschichten hatten. Ich habe einmal geschrieben, dass meine Mutter mich mit dem Zug nach Tokio mitgenommen hat und ich aus Versehen in einen der Spucknäpfe im Korridor gepinkelt habe; Es ist nicht so, dass ich nicht

[1] Wagen zum Transport von Personen, der von einem Mann gezogen wird.

gewusst hätte, wofür Spucknäpfe gut sind, was passiert ist, ist, dass ich unschuldig gespielt habe. Ich wusste, dass der Lehrer es urkomisch finden würde, also folgte ich ihm leise auf seinem Weg zum Lehrerzimmer. Ich sah, wie er meine Aufsätze zwischen denen mehrerer Klassen herausnahm und sie in der Halle las, ohne sein Lachen zurückhalten zu können. Als er im Lehrerzimmer ankam und mit dem Lesen fertig war, brach er in schallendes Gelächter aus, wurde tomatenrot und gab es an die anderen Lehrer weiter. Ich fühlte mich im vollen Umfang zufrieden. Wie frech!

Ich wurde für einen ungezogenen Jungen gehalten. Ich hatte es erfolgreich vermieden, respektiert zu werden. Ich habe in allem immer eine Eins bekommen, außer im Verhalten, wo ich nicht mehr als einen Pass bekommen habe, was wiederum meiner Familie große Freude bereitet hat.

Mein wahrer Charakter war jedoch das komplette Gegenteil eines schelmischen Kindes. Da hatten mir die Diener schon etwas Bedauerliches beigebracht; Sie hatten mich dazu gebracht, meine Keuschheit zu verlieren. Noch heute denke ich, dass es das schlimmste und grausamste aller Verbrechen ist, einem Kind so etwas anzutun. Aber ich habe es niemandem gesagt. Ich lächelte schwach, weil ich dachte, dass ich dadurch einen neuen Aspekt des Menschen kennenlernen konnte. Wenn ich die Gewohnheit gehabt hätte, die Dinge so zu sagen, wie sie sind, hätte ich es vielleicht gewagt, sie meinen Eltern vorzuwerfen; aber die Wahrheit ist, dass ich sie nicht verstand. Ich konnte nicht erwarten, dass mir jemand hilft. Wenn ich es meinem Vater, meiner Mutter, der Polizei, den Behörden oder irgendjemandem mit Macht in der Welt gesagt hätte, hätten sie mich vielleicht mit Ausreden überhäuft, die in der Gesellschaft gut ankommen. Es ist klar, dass es Bevorzugung gibt, und ich bin sicher, dass es vergebens gewesen wäre, andere zu beschuldigen. Deshalb hielt ich die Wahrheit geheim und spielte weiterhin den Narren.

„Hey, du hast kein Vertrauen in Menschen? Übrigens, wann sind Sie Christ geworden?" Fragt mich vielleicht jemand spöttisch. Aber ich glaube nicht, dass das Misstrauen gegenüber Menschen aus religiösen Gründen entstehen muss. Ist es nicht so, dass diese Menschen, einschließlich derer, die sich über mich lustig machen, so still in gegenseitigem Misstrauen leben, ohne dass ihnen jemals die Existenz Gottes durch den Kopf geht?

Das geschah, als ich klein war. Ein bekannter Politiker aus der Partei meines Vaters kam in unsere Nachbarschaft, um eine Rede zu halten. Die Diener begleiteten mich zum Theater, wo das Treffen stattfinden sollte. Der Saal war voll, und die meisten Anwesenden, Bekannte meines Vaters, applaudierten begeistert. Als die Rede zu Ende war, stürmten die Anwesenden in Dreier- oder Fünfergruppen auf die bereits dunkel verschneite Straße und stürmten vor Wut. Einige Stimmen kamen von Freunden, die meinem Vater besonders nahestanden. Sie sagten, mein Vater sei extrem ungeschickt gewesen und es sei unmöglich, seine Sprache zu verstehen. Als sie jedoch im Besuchszimmer unseres Hauses waren, sagten sie mit echter Freude im Gesicht, dass die Rede ein voller Erfolg gewesen sei. Als meine Mutter die Dienerschaft fragte, wie diese Rede gewesen sei, antworteten sie mit der größten Frische, dass sie sehr interessant gewesen sei; Tatsächlich hatten sie auf dem Rückweg nicht aufgehört zu meckern und zu sagen, das Langweiligste auf der Welt sei eine politische Rede.

Aber das ist nur ein kleines Beispiel. Menschen betrügen einander auf die natürlichste Art und Weise und überraschenderweise ohne verletzt zu werden. Sie scheinen sich des Scherzes nicht bewusst zu sein. Ich denke, ihr Leben ist voll von scharfen, reinen und klaren Beispielen des Misstrauens. Allerdings scheint sich niemand um diesen Austausch von Unwahrheiten zu kümmern. Ich selbst täusche andere von morgens bis abends mit meiner Possenreißerei. Ich interessiere mich nicht für das, was Lehrbücher Moral nennen. Es fällt mir schwer zu verstehen, dass Menschen inmitten all dieser gegenseitigen Lügen mit Reinheit, Klarheit und Glück leben oder leben wollen. Der Grund für diese Fähigkeit wurde mir nie erklärt. Wenn sie es täten, würden sie mich vielleicht von dem Terror befreien, den ich für sie empfinde, oder von meinen verzweifelten Vorstellungen. Oder vielleicht auch meine Konfrontation mit ihnen und die Hölle, die ich jede Nacht erlebte. Kurz gesagt, ich glaube, dass der Grund, warum ich niemandem von diesem abscheulichen Verbrechen erzählte, das von den Dienern an mir begangen wurde, nicht aus Misstrauen gegenüber Menschen und natürlich auch nicht aus christlichen Neigungen stammte. Ich denke, es lag daran, dass sie die Hülle des Vertrauens fest auf diesen kleinen Yozo geschlossen haben. Sogar meine eigenen Eltern haben sich auf eine Weise verhalten, die für mich unverständlich war.

Jahre später konnten viele Frauen den Geruch der Einsamkeit wahrnehmen, den ich nie jemandem gezeigt hatte, und ich habe den Eindruck, dass dies die Ursache für meinen Missbrauch war. Tatsächlich hielten mich die Frauen für einen Mann, der in der Lage war, ein Liebesgeheimnis zu wahren.

Zweites Notizbuch

An der Küste, so nah, dass es den Anschein haben könnte, als würden sich die Wellen genau dort brechen, wuchs eine Reihe von mehr als zwanzig riesigen wilden Kirschbäumen mit schwärzlichen Stämmen. Jedes Jahr im April, wenn das Schuljahr begann, öffneten die Kirschbäume ihre prächtigen Blüten, zusammen mit neuen, nass aussehenden braungrünen Blättern, die sich gegen das Blau des Meeres abzeichneten. Dann fielen die Blütenblätter wie ein Schneesturm, zerstreuten sich über das Wasser, trieben wie helle Perlmutteinlagen und kehrten in den Sand zurück. Dieser Strand war der Spielplatz der High School in der Region Tohoku, an der ich studiert habe. Obwohl ich die Aufnahmeprüfung nicht richtig vorbereitet hatte, gelang es mir, angenommen zu werden. Die Mütze und die Knöpfe der Uniform waren sinnbildlich für eine stilisierte Kirschblüte.

In der Nähe der Schule befand sich das Haus entfernter Verwandter. Das war einer der Gründe, warum mein Vater diese Schule der Kirschbäume am Meer gewählt hatte. Mir wurde die Verantwortung für diese Familie überlassen, deren Haus so nah war, dass ich, selbst nachdem ich die Morgenglocke gehört hatte, pünktlich zum Unterricht kommen konnte. Ich war ein ziemlich fauler Schüler; Meine Possenreißer machten meine Teamkollegen jedoch dazu, mich zu mögen.

Zum ersten Mal lebte ich an einem anderen Ort als in meiner alten Heimat, und das machte mich viel angenehmer. Vielleicht lag es zum Teil daran, dass ich meine Possenreißer perfektioniert hatte und es kaum mehr eine Anstrengung war; aber auch die Veränderung, es vor Verwandten oder Fremden zu tun, am selben Ort oder an einem anderen, beeinflusste die Veränderung. Der Unterschied der Darstellung an beiden Orten wäre sogar für ein Genie oder Jesus Christus selbst von Bedeutung. Das schwierigste Setting für einen Schauspieler ist das Theater in meiner eigenen Stadt. Ich stelle mir vor, dass es selbst für jemanden mit Talent unmöglich ist, vor all den in einem Raum versammelten Verwandten eine gute Leistung zu erbringen. Aber es gelang mir, und zwar mit bemerkenswertem Erfolg. Mit dieser Erfahrung war es unmöglich, an einem fremden Ort zu scheitern.

Vielleicht war meine Angst vor dem Menschen tief in meinem Herzen gewachsen, aber ich konnte meine gewählte Rolle mit zunehmender Leichtigkeit spielen. Im Unterricht konnte ich jederzeit alle zum Lachen bringen und obwohl sich der Lehrer beschwerte, dass es nur ohne mich möglich wäre, einen guten Unterricht zu geben, musste er in Wahrheit die Hand vor den Mund halten sich zu verbergen. Gelächter entging ihm. Ich konnte sogar den militärischen Ausbildungsausbilder zum Lachen bringen, der eine raue, barbarische Stimme hatte.

Als ich begann, mich zu entspannen, davon überzeugt, dass ich die gewünschte Identität erreicht hatte, erhielt ich einen Dolchstoß in den Rücken. Wie so oft war der Angreifer der Schwächste der Klasse, mit einem bleichen und aufgedunsenen Gesicht und in Kleidern gekleidet, die so weit waren wie ein alter Höfling, ein unwiderlegbarer Beweis dafür, dass er sie von seinem Vater oder einem Bruder geerbt hatte. Um dem Ganzen die Krone aufzusetzen, war er in allen Studien ein Durcheinander und so unbeholfen in Militärdrill oder Gymnastik, dass jeder ihn fast für einen perfekten Idioten hielt. Nicht einmal ich erkannte die Notwendigkeit, wachsam gegen ihn zu sein.

Eines Tages, zur Turnhalle, sah dieser Junge – ich glaube, ich erinnere mich an seinen Namen Takeichi – dieser Takeichi, uns bei den Übungen an den Stangen zu. Mit dem Ausdruck, mein Bestes geben zu wollen, warf ich mich mit einem Aufschrei an die Bar. Aber ich ging vorbei und setzte mich mit einem lauten Knall auf den Sand. Es war ein absichtlicher Fehler, aber alle lachten und ich stand mit einem reuevollen Lächeln auf und wischte mir den Sand von der Hose. In diesem Moment kam Takeichi von hinten auf mich zu und sagte mit sehr leiser Stimme: „Du hast es mit Absicht getan.“

Ich wurde zitternd zurückgelassen. Wenn jemand hätte erkennen können, dass ich absichtlich versagt habe, wäre mir nie in den Sinn gekommen, dass es genau Takeichi war. Für einige Augenblicke schien es mir, als wäre die Welt in den Flammen der Hölle versunken, und ich musste mich sehr anstrengen, nicht einen wahnsinnigen Schrei auszustoßen.

Die nächsten Tage verbrachte ich in Unruhe und Angst. An der Oberfläche brachte ich wie immer die Leute mit meiner unglücklichen Clownerie zum Lachen; aber plötzlich entfuhren mir ein paar erstickte Seufzer. Was auch immer ich tat, Takeichi entdeckte meine Absichten; Ich bin mir sicher, dass ich mich bald der ganzen Schule aussetzen würde. Allein der Gedanke daran ließ mir den Schweiß auf die Stirn steigen und ich begann mich mit dem seltsamen Gesichtsausdruck eines Verrückten umzuschauen. Ich hätte mich von morgens bis abends nicht von Takeichi getrennt, um sicherzustellen, dass er mein Geheimnis nicht preisgibt. Ich dachte daran, meine Zeit mit ihm zu verbringen, um ihn davon zu überzeugen, dass meine Possenreißer keine Absicht, sondern echt waren; wenn alles gut lief, würde ich sein bester Freund werden; aber wenn es unmöglich wäre, hätte ich keine andere Wahl, als zu beten, dass er sterben würde. Natürlich wollte ich ihn nicht töten. In meinem ganzen Leben wollte ich oft getötet werden, obwohl ich nicht ein einziges Mal daran gedacht habe, jemandem das Leben zu nehmen. Es wird sein, weil ich im Gegenteil andere Menschen glücklich machen möchte.

Um Takeichi für mich zu gewinnen, entschied ich mich für das freundliche christliche Lächeln, mit meinem Hals um dreißig Grad nach links geneigt und leicht um seine dürren Schultern kreisend, sprach ich mit gespielter Süße zu ihm, als ich ihn zu mir nach Hause einlud. Aber er war immer still, mit einem unbestimmten Ausdruck. Eines Tages, ich glaube mich zu erinnern, es war Frühsommer, fing es nach Schulschluss stark an zu regnen. Die Gefährten schienen nicht zu wissen, wie sie es schaffen sollten, nach Hause zurückzukehren. Da meiner ganz in der Nähe war, machte ich mich auf den Weg, um dorthin zu gelangen. Dann sah ich neben dem Schuhregal Takeichi, der dastand und nach unten schaute, und ich schlug vor, dass er mich nach Hause begleiten sollte, dass ich ihm einen Regenschirm leihen würde. Als er zögerte, nahm ich seine Hand und wir rannten hinaus in den Regen. Bei der Ankunft bat ich meine Tante, unsere Jacken zu trocknen, und so gelang es mir, ihn in mein Zimmer im ersten Stock zu bringen.

In diesem Haus lebte meine Tante, die über fünfzig war, eine Cousine in den Dreißigern, mit Brille, groß und kränklich – sie hatte geheiratet, war aber zu ihrer Mutter zurückgekehrt – und eine andere Cousine, die gerade die Sekundarschule abgeschlossen hatte. Sie sah überhaupt nicht wie ihre Schwester aus, da sie klein war und ein rundes Gesicht hatte. Im Erdgeschoss des Hauses gab es einen kleinen Schreibwarenladen, der auch einige Sportartikel verkaufte. Die Haupteinnahmequelle der Familie waren jedoch die Mieten für sechs Häuser, die mein verstorbener Onkel hinterlassen hatte.

„ Meine Ohren tun weh“, sagte Takeichi und stand unglücklich da in meinem Zimmer.

„Könnte es daran liegen, dass im Regen Wasser in sie eingedrungen ist?“

Als ich einen Blick darauf warf, zeigten beide Ohren Anzeichen einer scheußlichen Otorrhoe. Sie hatten so viel Eiter, dass es schien, als würde er aus den Lappen überlaufen.

"Das ist schrecklich! Kein Wunder, dass es wehtut!“ Ich übertrieb absichtlich und fügte in freundlichen Worten wie eine Frau hinzu: „Es tut mir leid, dass ich dich in diesem Regen herausgeschleppt habe.“

Ich ging nach unten, um Baumwolle und Alkohol zu holen. Also legte ich Takeichis Kopf auf meine Knie und desinfizierte sorgfältig seine Ohren. Nicht einmal ihm war klar, dass das alles eine heuchlerische Inszenierung war.

„Ich bin mir sicher, dass sich viele Frauen in dich verlieben werden“, sagte er mit seinem Kopf in meinem Schoß.

Es war ein leeres Kompliment, aber es stellte sich als teuflische Prophezeiung heraus, wie Takeichi sich das nie hätte vorstellen können. Dass sie sich in mich verliebt haben oder dass ich mich in sie verliebt habe … Was für einen vulgären und burlesken Eindruck diese Worte auf mich machten; aber gleichzeitig, wie viel Selbstgefälligkeit. Egal wie feierlich der Moment war, als eines dieser Worte auftauchte, bröckelten die Tempel der Melancholie und ein Gefühl der Leere blieb zurück. Obwohl seltsamerweise der Ausdruck „das Problem, sich in jemanden zu verlieben“ durch den eher literarischen Ausdruck „die Angst, geliebt zu werden“ ersetzt würde, könnten die Tempel der Melancholie in Sicherheit gehalten werden.

Takeichi gab mir das dumme Lob, dass „viele Frauen sich in mich verlieben würden“, weil ich so freundlich war, ihm den Eiter aus den Ohren zu wischen. In diesem Moment errötete ich und lächelte nur stumm, obwohl ich schon eine leise Ahnung hatte, dass er recht haben könnte. Aber diesen Ausdruck zu verwenden, hatte eine einfache theatralische galante Wirkung, ganz anders als meine Vorahnungen.

Es hat mich immer viel weniger gekostet, Männer zu verstehen, als es für diese Art von Menschen war, die man Frau nennt. In meinem Haus waren Frauen immer zahlreicher als Männer; Dasselbe geschah unter meinen nahen Verwandten, und eine Frau war auch die Dienerin des „Verbrechens“. Als ich klein war, habe ich nur mit Mädchen gespielt, aber ich glaube nicht, dass ich übertreibe, wenn ich sage, dass ich sie mit der Vorsicht behandelt habe, als würde jemand auf einer dünnen Eisschicht gehen. Ich konnte sie nicht verstehen. Ich bin, soweit es mich betraf, völlig im Dunkeln gelaufen und hatte manchmal schmerzhafte Verletzungen, als wäre ich auf den Schwanz eines Tigers getreten. Im Gegensatz zu denen, die durch die Peitsche eines Mannes verursacht wurden, waren diese Wunden tief und schmerzhaft, als ob es sich um eine innere Blutung handelte, und sie waren sehr schwer zu heilen.

Frauen zogen mich an, nur um später wieder abgeworfen zu werden. Wenn Leute vorne waren, behandelten sie mich mit Verachtung und Kälte, nur um mich mit Leidenschaft zu umarmen, wenn wir allein waren. Mir ist auch aufgefallen, dass Frauen so tief schlafen, als wären sie tot; Ich frage mich, ob sie nicht leben, um zu schlafen, diese und andere Beobachtungen habe ich als Kind gemacht und bin zu dem Schluss gekommen, dass sie wie eine völlig andere Rasse erscheinen als Männer. Und das Seltsamste ist, dass mich diese unbegreiflichen Wesen, bei denen man aufpassen muss, immer beschützt haben. Ich habe nicht gesagt „verliebe dich in mich" oder „liebe mich". Dies würde nicht der Realität entsprechen. Vielleicht ist es richtiger zu sagen, dass sie sich um mich gekümmert haben.

Außerdem fühle ich mich wohler, wenn ich Possenreißer vor Frauen mache. Männer werden bei meinen Auftritten nicht lange lachen. Ich weiß, wenn die Begeisterung des Augenblicks überhand nimmt, werden die Dinge schlecht enden; deshalb achte ich sehr darauf, an der richtigen Stelle aufzuhören. Aber Frauen kennen kein Maß. So sehr ich meine Possenreißer in die Länge ziehe, sie verlangen immer mehr von mir, bis ich erschöpft bin. Sie müssen sehen, wie sie lachen. Es ist klar, dass Frauen mehr als Männer wissen, wie man Freuden genießt.

Die Schwestern aus dem Haus, in dem ich wohnte, als ich in der High School war, pflegten in ihrer Freizeit mein Zimmer zu besuchen. Ihr Klopfen an meiner Tür, egal wie oft es kam, erschreckte mich immer wieder, so dass ich vor Schreck fast zusammenzuckte.

"Du studierst?"

„Nein, nein", sagte ich mit einem Lächeln und schloss das Buch. "Weißt du was? Heute in der Schule der Erdkundelehrer mit dem Spitznamen Kombo …"

Und ich fing an, lustige Geschichten zu erzählen, die nichts mit dem zu tun hatten, was ich dachte.

Eines Nachts kamen sie beide in mein Zimmer, und nachdem sie mich lange Zeit meine Possenreißer spielen ließen, sagte der Jüngste zu mir:

„ Yozo , probiere diese Brille aus, mal sehen, wie du damit aussiehst ."

"Warum?"

„Mach nicht so viel Aufhebens. Ziehe sie an. Komm schon; nimm **Anesas**[1] Brille."

[1] Bekannte Form, die "ältere Schwester" bedeutet.

Früher sprachen sie grob, als würden sie einen Befehl erteilen. Der Narr setzte demütig die Brille auf. Sofort fingen die beiden an zu lachen.

„Aber er ist genau wie Harold Lloyd! Identisch!"

Zu dieser Zeit war dieser amerikanische Schauspieler in Japan sehr erfolgreich.

„Meine Damen und Herren", begann ich und hob eine Hand, um zu winken, „ich möchte meinen japanischen Fans danken …"

Die Schwestern waren urkomisch. Von diesem Tag an ging ich jedes Mal, wenn ein Harold-Lloyd-Film ins örtliche Kino kam, hin, um ihn mir anzusehen und heimlich seine Gesichtsausdrücke zu studieren.

An einem Herbstnachmittag, als ich im Bett las, stürmte Anesa als Vogel in mein Zimmer und fiel weinend auf die Decke.

„Du wirst mir helfen, nicht wahr, Yozo? Ja, wir verlassen dieses Haus gemeinsam, okay? Hilf mir, hilf mir bitte", sagte sie verzweifelt und fing wieder an zu weinen.

Es war nicht das erste Mal, dass sich mir eine Frau so zeigte. Aus diesem Grund war ich von Anesas überschwänglichen Worten nicht erschrocken; vielmehr war ich gelangweilt von seiner Leere und Substanzlosigkeit. Ich stand auf, nahm eine Kaki vom Schreibtisch, schälte sie und gab ihr ein Stück.

„Haben Sie kein interessantes Buch, das Sie mir leihen können?" Sagte sie und aß die Kaki zwischen Schluchzen.

Ich nahm aus meinem Regal „ *I am a cat*“ von Sôseki .

„Danke für die Kaki“, sagte sie mit einem etwas verlegenen Lächeln und verließ den Raum.

Es war nicht nur bei Anesa. Die Gefühle einer Frau zu verstehen ist komplizierter und unangenehmer, als die Gefühle eines Wurms zu studieren. Nach meiner Erfahrung aus meiner Kindheit ist es am besten, wenn eine Frau plötzlich anfängt zu weinen, ihr ein Bonbon anzubieten und ihre Stimmung bessert sich sofort.

Ihre jüngere Schwester Secchan brachte ihre Freunde immer in mein Zimmer, und wie es meine Gewohnheit war, achtete ich darauf, sie alle gleichermaßen zu unterhalten. Als sie gingen, kritisierte Secchan sie ausnahmslos und sagte, sie seien keine guten Mädchen und sollten vorsichtig sein. Wenn ja, warum machte sie sich die Mühe, sie einzuladen? Auf jeden Fall waren meine Besucher wegen ihr fast immer Frauen.

Dies bedeutet jedoch nicht, dass Takeichis Lob, dass Frauen sich in mich verlieben würden, damit begonnen wurde, geehrt zu werden. Nicht viel weniger. Ich war nur der Harold Lloyd von Tohoku. Takeichis ignorante Worte, diese schreckliche Prophezeiung, würden noch viele Jahre brauchen, um sich zu erfüllen, und auf unglückliche Weise zum Leben erweckt werden.

Takeichi machte mir ein weiteres wertvolles Geschenk.

„Schau, das Porträt eines Geistes!“ rief er eines Tages aus und zeigte mir ein farbiges Blatt, als er mein Zimmer betrat.

"Was ist das?" Ich dachte. Damals wies er mir den Fluchtweg, wie ich viele Jahre später erfuhr. Ich kannte das Bild. Es war nichts anderes als das bekannte Van-Gogh-Selbstporträt. Als ich klein war, war die Schule des französischen Impressionismus in Japan sehr in Mode. Mit diesen Werken begann unser Kennenlernen der westlichen Kunst. Sogar ein Provinzgymnasium hatte unter anderem Reproduktionen von Gemälden von Van Gogh, Gauguin, Cezanne und Renoir. Ich hatte viele dieser Gemälde gesehen. Ich kannte einige Werke von Van Gogh und ich erinnere mich, dass ich die lebhafte Verwendung von Farben interessant fand; aber es kam mir nie in den Sinn, dass es Geisterbilder waren.

„Was haltet ihr davon? Sind sie auch Gespenster?“ sagte ich und zeigte ihm ein **Modigliani**[1]-Bilderbuch mit nackten Frauen mit gebräunter Haut, das ich gerade aus meinem Regal genommen hatte.

Takeichi weitete bewundernd seine Augen.

"Komm schon! Sie sehen aus wie die Pferde aus der Hölle.“

„ Dann sind sie also Geister, nicht wahr?“

„Solche Geister würde ich gerne malen.“

Menschen, die andere Menschen fürchten, möchten noch schrecklicher aussehende

---

[1]Ein italienischer Maler und Bildhauer, der hauptsächlich in Frankreich arbeitete.

Gespenster sehen; diejenigen, die nervös und leicht zu erschrecken sind, beten, dass der Sturm so heftig wie möglich ist; und bestimmte Maler, die wegen Geistern, die Menschen genannt werden, gelitten haben, glauben am Ende an fantastische Dinge und sehen Gespenster am helllichten Tag mitten in der Natur. Aber sie spielen nicht mit Possenreißern herum, sie bemühen sich, genau das zu malen, was sie gesehen haben. Wie Takeichi sagte, malten sie „Geisterbilder", nicht mehr und nicht weniger. Da wusste ich, dass diese Geister von nun an meine Freunde sein würden. Ich war so aufgeregt, dass ich die Tränen kaum zurückhalten konnte.

„Ich werde auch malen. Ich werde Bilder von Geistern und Pferden aus der Hölle malen", sagte ich zu Takeichi und senkte meine Stimme sehr, ohne zu wissen warum.

Seit der Grundschule habe ich neben dem Betrachten von Bildern auch gerne gemalt. Aber die Bilder haben nie eine ähnliche Anerkennung wie meine Comics bekommen. Die Wahrheit ist, dass ich nicht das geringste Vertrauen in die Meinung der Menschen hatte, und was mich betrifft, waren Comics einer meiner Possenreißer, mit denen ich die Öffentlichkeit begrüßte. Sowohl in der Grund- als auch in der Sekundarschule liebten meine Lehrer das Zeichnen, aber ich interessierte mich überhaupt nicht dafür.

Ich habe mich nur mit Gemälden abgemüht – Zeichnungen waren etwas anderes – und habe versucht, meinen eigenen Stil zu kreieren, so kindisch er auch war. Am langweiligsten waren die Schulbücher mit Bildern zum Nachmachen; die Gemälde der Meister, desaströs; und ich war gezwungen, so gut ich konnte nach einer Ausdrucksform zu suchen.

Als ich ins Gymnasium kam, hatte ich bereits die nötigen Utensilien, um mit Ölfarben zu malen. Ich habe versucht, die impressionistischen Werke zu kopieren, aber das Ergebnis waren Bilder, die so tot wie ausgeschnittene Figuren waren, und mir wurde klar, dass es ein Fehler wäre, diesen Weg fortzusetzen. Was für ein Unsinn und Mangel an Urteilsvermögen zu versuchen, ein schönes Objekt mit dieser Schönheit zu zeigen. Lehrer konnten Schönheit in den trivialsten Gegenständen einfangen und fanden es sogar interessant, etwas so Hässliches zu beschreiben, dass es aus purer Freude, sich auszudrücken, Übelkeit verursachte, ohne sich um die Meinung anderer zu kümmern . Nachdem mich Takeichi so primitiv in das Geheimnis der Malerei eingeführt hatte, widmete ich mich dem Malen von Selbstporträts und achtete darauf, dass sie von meinen weiblichen Besuchern nicht gesehen wurden.

Meine Bilder waren so düster, dass sie mir fast kalt wurden. Meine wahre Natur war in ihnen verkörpert, die ich in den Tiefen meines Herzens verborgen hielt. An der Oberfläche lachte ich fröhlich und brachte andere zum Lachen; aber eigentlich war es so düster. Da es nichts zu tun gab, bejahte ich insgeheim diese Natur. Außer Takeichi habe ich sie jedoch niemandem gezeigt. Wenn jemand meine Düsternis hinter der Narrenmaske entdecken würde, würde sicherlich eine genaue Bewachung beginnen. Auf der anderen Seite bestand die Gefahr, dass sie meine wahre Natur nicht erkennen und es als eine weitere Clownerie auffassen würden, die großes Gelächter hervorrufen würde. Das wäre das Schrecklichste, was passieren könnte. Und so versteckte ich jedes Mal, wenn ich ein Bild fertig hatte, es ganz hinten im Schrank.

Natürlich habe ich im Zeichenunterricht nie meinen „Spektralstil" gezeigt und habe die schönen Dinge als solche mit der entsprechenden Mittelmäßigkeit weiter gemalt, wie ich es zuvor getan habe.

Ich konnte nur Takeichi und nur ihm meine sensible Natur zeigen. Als er meine ersten Selbstportraits sah, hat er mich sehr gelobt. Indem er ihm zwei oder drei meiner Geisterbilder zeigte, machte er seine zweite Prophezeiung:

„Du wirst ein großer Maler sein."

Als ich nach Tokio aufbrach, hatte ich die zwei Prophezeiungen des albernen Takeichi auf meinem Kopf eingraviert: dass sich Frauen in mich verlieben würden und dass ich ein großartiger Maler sein würde.

Ich wollte eine Kunstschule besuchen, aber mein Vater schickte mich auf ein Gymnasium mit der Absicht, Beamter zu werden. Da es bereits entschieden war und ich es nicht gewohnt war, dagegen zu sein, gehorchte ich ohne allzu große

Bedenken. Er hatte mir befohlen, die Prüfung im vierten Jahr, also vor dem Abitur, abzulegen, und ich tat es. Eigentlich hatte ich meine Schule am Meer mit den Kirschbäumen mehr als satt. Als ich bestand, trat ich in die Tokioter Schule ein, ohne das fünfte Jahr zu beenden. Ich hatte sofort die Gelegenheit, das Leben in einem Studentenwohnheim zu erleben, obwohl der Dreck und die Gewalt unerträglich waren. Es war nicht das Ding für Possenreißer. Ich bekam einen Arzt, der eine Lungenerkrankung diagnostizierte, und ich zog in die Wohnung meines Vaters in Sakuragicho im Stadtteil Ueno. Mir war klar, dass ich mich nie an dieses Leben hätte gewöhnen können. Es hat mich erschaudert, von der Inbrunst und dem Stolz der Jugend zu hören, und was den Studentengeist angeht, war es etwas, das mir überhaupt nicht passte. Sowohl die Klassenzimmer als auch das Schlafzimmer waren der Schauplatz der verdrehtesten sexuellen Begierden. Dies war eine Müllkippe, wo meine üblichen Narrenauftritte nichts nutzten.

Als keine Parlamentssitzungen stattfanden, verbrachte mein Vater nur ein oder zwei Wochen im Monat zu Hause. In seiner Abwesenheit waren nur noch drei Personen in der großen Residenz: ein älteres Ehepaar, das sich um alles kümmerte, und ich.

Ich für meinen Teil habe viel Unterricht verpasst, allerdings nicht, weil ich mich darauf konzentriert hätte, die berühmten Orte Tokios zu sehen – es scheint, dass ich am Ende nie den Meiji-

Schrein, die Statue von Masashige Kusunoki oder die Gräber der vierzig Jahre besuchen werde. sieben Samurai-, Stattdessen verbrachte ich den ganzen Tag zu Hause, lesend oder malend.

Als mein Vater in Tokio war, eilte ich jeden Morgen zur Schule, obwohl ich manchmal zu einem Malkurs des Lehrers Shintaro Yasuda in Sendagicho im Stadtteil Hongo ging. Früher verbrachte ich bis zu drei oder vier Stunden damit, Zeichnen zu üben. Die Wahrheit ist, dass ich als einfacher Zuhörer zum Unterricht ging, seit ich den Schlafsaal verlassen hatte. Vielleicht war es nur Neid, aber auf jeden Fall hatte ich nie ein klares Zugehörigkeitsgefühl zur Studentenwelt. Von der Grund- und Mittelschule bis zum Gymnasium habe ich die Liebe zur Schule selbst nie verstanden, und nicht ein einziges Mal habe ich mir die Mühe gemacht, die Hymne zu lernen.

Kurz nach dem Studium der Malerei machte mich einer meiner Klassenkameraden mit Alkohol, Tabak, Prostituierten, Pfandleihen und linkem Denken bekannt. Es scheint eine etwas seltsame Kombination zu sein, aber es ist tatsächlich so passiert.

Dieser Gefährte hieß Masao Horiki. Er wurde in Shitamachi, dem traditionellen Teil Tokios, geboren und war sechs Jahre älter als ich. Er hatte die Kunstschule abgeschlossen, aber da er zu Hause keine Werkstatt hatte, ging er regelmäßig zum Unterricht, um die westliche Malerei weiter zu lernen.

Wir kannten uns vom Sehen und hatten kein einziges Mal gesprochen, als er mir eines Tages sagte:

„Hey, kann ich mir fünf Yen leihen?"

Es war mir so peinlich, dass ich sie einfach weitergegeben habe.

" Großartig! Lass uns was trinken. Heute lade ich ein."

Ich konnte nicht ablehnen. Er führte mich in ein Café in Horaicho, in der Nähe der Lackiererei. Dies war der Beginn unserer Freundschaft.

„Du bist mir schon lange aufgefallen." Er sagte. „Dieses schüchterne Lächeln von dir ist charakteristisch für aufstrebende Künstler. Lasst uns auf unser Treffen anstoßen. Unterm Strich ! Hey, Kinu", fügte er hinzu und wandte sich an die Kellnerin. „Ist der Junge nicht hübsch? Aber verliebe dich nicht in ihn. Seit er in die Lackiererei kam, bin ich leider der Zweitschönste in der Klasse geworden."

Horiki hatte ein dunkles Gesicht mit regelmäßigen Zügen und, was für einen Malschüler ungewöhnlich war, trug er einen sehr anständigen Anzug mit einer zurückhaltenden Krawatte und trug Haarspray, das in der Mitte durch einen ordentlichen Scheitel gescheitelt war.

Da mir der Ort fremd war, tat ich zunächst nichts weiter, als meine Arme zu verschränken und zu lösen, unter zugegebenermaßen schüchternem Lächeln, aber nach zwei oder drei Gläsern Bier begann ich mich sehr leicht zu fühlen, mit einem merkwürdigen Gefühl der Befreiung.

"Wissen? Ich habe darüber nachgedacht, mich an einer Kunsthochschule einzuschreiben und …", begann ich, aber er unterbrach mich sofort.

"Denk nicht mal dran! Es ist nutzlos. Schulen sind höchst nutzlos. Unsere Lehrer müssen die Natur und unsere Gefühle darüber sein."

Um die Wahrheit zu sagen, verdienten seine Meinungen keinen Respekt. Es kam mir in den Sinn, dass er vielleicht ein Idiot und seine Bilder eine Birria sein könnten, aber er wäre ein guter lustiger Begleiter. Es war das erste Mal in meinem Leben, dass ich einen Stadtbewohner mit einem ausschweifenden Leben traf. Obwohl er und ich völlig verschieden waren, waren wir uns sehr ähnlich, da wir weit entfernt waren vom alltäglichen Leben der Menschen. Aber was uns ganz anders machte, war, dass Horiki sich der Scharade nicht bewusst war, noch war er sich des Elends bewusst, das sie mit sich brachte.

Ich verachtete ihn, weil er nur zum Spaß lebte und ich ihn nur als Spaßpartner betrachtete. Manchmal schämte ich mich sogar für unsere Freundschaft, aber ich ließ mich von ihm mitreißen und am Ende war ich besiegt.

Zuerst dachte ich, Horiki sei ein guter Kerl, ein ungewöhnlicher Kerl. Selbst ich, der ich so menschenscheu war, konnte mich bei diesem guten Guide aus Tokio vollkommen entspannen. Die Wahrheit ist, dass ich, als ich alleine in die Straßenbahn stieg, Angst vor dem Schaffner hatte, als ich das Kabukiza-Theater betrat , erschrak ich vor den Platzanweisern, die auf beiden Seiten der mit Teppich ausgelegten Treppe am Haupteingang aufgereiht waren. Wenn ich in einem Restaurant war, gingen mir die Kellner auf die Nerven, die hinter mir hergingen und darauf warteten, die leeren Teller zu entfernen. Aber was mich am meisten entsetzte, war das Bezahlen einer Rechnung. Meine Ungeschicklichkeit bei der Geldübergabe nach dem Kauf war nicht auf Geiz zurückzuführen. Ich war so nervös und verlegen und hatte solche Panik, dass es mich erschreckte, die Welt sich verdunkelte und ich kurz davor war, den Verstand zu verlieren. Von Feilschen war keine Rede – ich vergaß nicht nur oft, mein Wechselgeld abzuholen, sondern vergaß ziemlich häufig, die gekauften Sachen mit nach Hause zu nehmen. Es war klar, dass ich mich nicht alleine in Tokio bewegen konnte, also blieb mir nichts anderes übrig, als tagelang zu Hause zu faulenzen.

Als ich Horiki meine Handtasche schenkte und wir zusammen spazieren gingen, zeigte mein Partner nicht nur ein großes Geschick im Feilschen, vielleicht als guter Freund des Spaßes, sondern er wusste auch, wie man das Beste aus dem Minimum macht. Ohne Ausgaben für ein Taxi erdachte er Kombinationen aus Zug, Bus und sogar Dampfschiffen, die uns in sehr kurzer Zeit an unser Ziel bringen. Wenn wir zum Beispiel nach einer Nacht bei einer Prostituierten in einem Gasthaus einkehrten und nach einem guten Bad frühstückten, gekochten Tofu mit **Sake**[1], konnten

[1]Japanisches alkoholisches Getränk aus fermentiertem Reis.

wir mit wenig Geld ein Gefühl von Luxus genießen; dies war eine wertvolle praktische Ausbildung für mich. Er brachte mir auch bei, dass der Reis mit Fleisch oder die Hähnchenspieße, die an den Straßenständen verkauft wurden, eine preiswerte Art waren, gut zu essen, und dass man sich am besten mit **Denkibran**[1] schnell betrunken machte. Kurz gesagt, ich fühlte mich sehr ruhig bei ihm, überzeugt, dass ich mir über die Höhe unserer Rechnungen überhaupt keine Sorgen machen musste.

Eine andere Sache, die in der Beziehung zu Horiki zu schätzen war, war, dass er sich einen Dreck darum scherte, was sein Gesprächspartner dachte, als er in einen leidenschaftlichen Strom – obwohl seine wahre Leidenschaft vielleicht darin bestand, den anderen zu ignorieren – von oberflächlichem Geschwätz losging, das weitergehen konnte stundenlang; wenn wir nach gemeinsamen Spaziergängen müde waren, bestand zumindest nicht die geringste Gefahr unangenehmen Schweigens. Im Umgang mit Menschen hatte ich ein Grauen vor solchem Schweigen. Ich war von Natur aus ruhig, aber ich hatte keine andere Wahl, als verzweifelt auf meine Possenreißer zurückzugreifen. Nun, dieser Idiot Horiki hatte versehentlich die Rolle des Narren übernommen, also hörte ich ihm nur schweigend

---

[1] Wörtlich "elektrischer Brandy". Es ist eine Mischung aus verschiedenen Spirituosen, die im traditionellen Tokioter Stadtteil Asakusa geboren wurde.

zu und sagte gelegentlich: „Das kann nicht sein!" Lachen.

Ich erkannte bald, dass Alkohol, Tabak und Prostituierte ein hervorragendes Mittel sind, um mich von der Angst vor Menschen zu befreien, wenn auch nur für einen Moment. Und ich kam zu dem Schluss, dass es sich lohnen würde, jeden meiner Besitztümer zu verkaufen, um diese Momente zu bekommen.

Prostituierte kamen mir nicht wie Menschen oder Frauen vor, sondern machten auf mich den Eindruck von idiotischen oder verrückten Wesen; Daher fühlte ich mich in ihrer Gesellschaft sehr sicher und konnte ruhig schlafen. Es war sogar traurig zu sehen, dass sie kein Jota an Gier waren. Sie schienen zu spüren, dass ich etwas mit ihnen gemeinsam hatte, weil sie mich immer mit einer spontanen Freundlichkeit behandelten, die mich nicht belastete. Eine Freundlichkeit ohne Hintergedanken, ohne geschäftliche Absichten, gegenüber einer Person, die sie vielleicht nie wieder sehen werden. In diesen idiotischen oder verrückten Prostituierten sah ich eines Nachts einen Heiligenschein der Jungfrau Maria.

Aber ich ging dorthin, um der Menschenangst zu entfliehen, um auch nur für eine Nacht zu rasten, und während ich mich mit diesen Dirnen amüsierte, mit denen ich „etwas gemeinsam hatte", hatte ich, ehe ich mich versah, etwas Bestimmtes angenommen widerlicher Aspekt der Welt, von dem ich mich nicht befreien konnte, eine Art unerwartete Frucht meiner Lebensweise, die nach und nach sichtbar wurde, bis Horiki selbst mich darauf aufmerksam machte und mich fassungslos und angewidert zurückließ. Die Wahrheit ist, dass ich durch Prostituierte etwas über Frauen gelernt hatte, das härteste, aber auch das effektivste Lernen, und ich verströmte einen „verführerischen Geruch". Frauen – nicht nur Prostituierte – rochen instinktiv daran und kamen auf mich zu. Diese obszöne und unehrenhafte Haltung war viel offensichtlicher als der Trost, den mir diese Erfahrung gegeben hatte.

Horiki kommentierte mich als halbes Kompliment, aber es fühlte sich für mich bedrückend an. Ich erinnere mich zum Beispiel, dass mir eine Kellnerin in einem Café einen Kinderbrief geschickt hat; Auch die zwanzigjährige Tochter des Generals, die neben meinem Haus in Sakuragicho wohnte, erschien jeden Morgen, wenn ich zur Schule ging, ganz geordnet durch ihr Portal, trat ein und aus, ohne irgendetwas Besonderes zu tun zu haben; als ich Fleisch essen wollte, auch ohne dass ich ein Wort sagte, die Frau aus dem Restaurant …; und in dem Kiosk, wo ich Tabak gekauft habe, das Mädchen zusammen mit dem Paket in die Schachtel gelegt…; und die Frau, die im Kabuki-Theater neben mir sitzt…; ebenso eines Nachts, als ich betrunken in der Straßenbahn eingeschlafen war…; auch der unerwartete Brief von dieser Verwandten im Feld, der ihre Besessenheit offenbart ...; oder das unbekannte Mädchen, das mir in meiner Abwesenheit eine handgenähte

Puppe hinterlassen hat ... Meine Haltung war äußerst passiv, damit diese Fragmente nicht zu einer Geschichte wurden. Aber ich konnte nicht leugnen, dass es stimmte, und es war kein absurder Witz, dass etwas in mir bei Frauen den Wunsch zu lieben erweckte. Aber von jemandem wie Horiki darauf hingewiesen zu werden, verursachte mir ein demütigendes Unbehagen und ließ mich gleichzeitig plötzlich mein Interesse an Prostituierten verlieren.

Eines Tages nahm mich Horiki, der die „Modernität" zur Schau stellte – man konnte sich nichts anderes über ihn vorstellen – zu einem geheimen Treffen der Kommunistischen Partei mit; Ich kann mich nicht gut daran erinnern, aber ich glaube, es hieß „Leseverein". Für Horiki war dieses heimliche Treffen vielleicht nur einer der Treffpunkte in Tokio. Sie stellten mich meinen Kameraden vor und zwangen mich, eine Broschüre zu kaufen, und dann hörte ich mir einen Vortrag an, der von einem schrecklich hässlichen jungen Mann über marxistische Ökonomie gehalten wurde. Ich hatte den Eindruck, dass alles, was er sagte, offensichtlich war; aber obwohl ich zustimmte, wusste ich, dass sich etwas noch Unbegreiflicheres und Schrecklicheres in der menschlichen Seele verbarg. Es ging nicht nur um Ehrgeiz oder Eitelkeit, noch war es eine Mischung aus sexuellem Verlangen und Gier; Ich habe es selbst nicht verstanden; Aber ich hatte das Gefühl, dass die menschliche Gesellschaft nicht nur aus Wirtschaft besteht, sondern dass tief im Inneren etwas Mysteriöses lauert. Das erschreckte mich, aber ich billigte den Materialismus so selbstverständlich, wie Wasser abflacht. Allerdings konnte mich das nicht von meiner Angst um den Menschen befreien und erzeugte nicht die hoffnungsvolle Freude eines Menschen beim Anblick der gerade aufgeblühten Blätter.

Trotzdem nahm ich weiterhin an den Treffen teil, bei denen die Genossen mit ernster Miene so grundlegende Theorien diskutierten wie eins plus eins gleich zwei. Sie wirkten bestenfalls lächerlich, also versuchte ich es mit ein paar meiner üblichen Possenreißer, um sie dazu zu bringen, sich ein wenig zu entspannen. Nach und nach gelang es mir, sie aus ihrer unterdrückerischen Umgebung zu befreien, und schließlich wurde ich ein so beliebtes Mitglied, dass sie mich für unverzichtbar hielten.

Vielleicht glaubten sie in ihrer Einfachheit, dass ich so einfach war wie sie: ein optimistischer und fröhlicher Kamerad; aber wenn sie das dachten, habe ich sie völlig getäuscht. Zunächst einmal war ich nicht ihr Partner. Ich ließ jedoch kein Treffen aus und behandelte sie mit meiner Possenreißerei. Ich tat es, weil ich sie mochte. Sie waren nett zu mir. Aber das bedeutete nicht, dass ich Zuneigung zu ihnen empfand, die durch Marx geboren wurde.

Die Irrationalität … Es hat mir ein gewisses Vergnügen bereitet. Vielmehr habe ich mich wohl gefühlt. Das Befolgen der etablierten Normen schien mir viel beängstigender – es schien mir, dass darin etwas ungeheuer Mächtiges lag – es war ein unverständlicher Mechanismus; Ich konnte nicht länger in diesem kalten, fensterlosen Raum sitzen. Draußen breitete sich der Ozean der Irrationalität aus, und es machte mich angenehmer, mich zu stürzen, um in seinen Gewässern zu schwimmen, bis ich starb.

Es gibt das Wort „soziale Ausgestoßene", das die Unglücklichen, die Versageren und die Irregeleiteten in der menschlichen Gesellschaft bezeichnet; aber ich glaube , ich war von Geburt an ein „gesellschaftlicher Ausgestoßener" . Wenn ich also auf jemanden stoße, der als „Ausgestoßener" bezeichnet wird, fühle ich sofort Zuneigung zu ihm. Eine Zuneigung, die meinen ganzen Körper mit einer Ekstase der Zärtlichkeit erfüllt.

Es gibt auch den Begriff „kriminelles Gewissen". Da ich mein ganzes Leben lang in der menschlichen Gesellschaft war, habe ich unter diesem Bewusstsein gelitten; aber es war mein treuer Begleiter, wie eine Ehefrau in Zeiten der Armut, und wir haben beide unsere jämmerlichen Zerstreuungen geteilt. Das mag meine Lebenseinstellung gewesen sein.

Man spricht auch von „Schuldgefühlen". In meinem Fall hatte es mich besessen, seit ich ein Baby war, und im Laufe der Zeit, anstatt es zu heilen, vertiefte es sich und drang in mich bis auf die Knochen ein. Aber selbst wenn man sagen könnte, dass mein nächtliches Leiden das einer Hölle unendlicher Qualen war, wurde es mir bald teurer als mein eigenes Blut und Fleisch. Und es kam mir als Ausdruck dieses lebendigen Schuldgefühls oder vielleicht seines liebevollen Murmelns in den Sinn.

Für einen Mann unter diesen Umständen gab die Atmosphäre einer Untergrundbewegung eine seltsame Ruhe, ein Gefühl des Wohlbefindens; Kurz gesagt, mehr als die Ziele der Fraktion könnte ich sagen, dass mich das Umfeld angezogen hat. Für Horiki war es nur ein dummer Spott, da er nur an einem Treffen teilnahm, an dem er mich mitnahm, um mich vorzustellen, und sich hinter der ungeschickten Idee versteckte, dass der Marxismus nicht nur den Aspekt der Produktion, sondern auch den des Konsums untersuchen sollte. Und da er nie wieder zu den Treffen kam, teilten wir am Ende nur den Konsumaspekt.

Rückblickend erinnere ich mich, dass es Marxisten aller Art gab. Einige, wie Horiki, nannten sich so, um mit „Modernität" zu prahlen, während der Geruch von Irrationalität andere von uns anzog, die in Meetings saßen, wie es bei mir der Fall war. Wenn die wahren Marxisten Horikis und meine Motive entdeckt hätten, wären sie sehr wütend gewesen und hätten uns als abscheuliche Verräter kurzerhand hinausgeworfen.

Allerdings wurde keiner von beiden ausgewiesen und vor allem konnte ich mich in dieser irrationalen Gesellschaft viel „gesünder" verhalten als unter rationalen Herren. Da ich ein vielversprechender Kamerad war, erhielt ich verschiedene „geheime Missionen", die ziemlich lächerlich waren. Ich für meinen Teil lehnte keinen dieser Aufträge ab und nahm sie mit einer solchen Selbstverständlichkeit an, dass nicht einmal die „Hunde" – so nannten die Genossen die Polizei – mich jemals verdächtigten oder daran dachten, mich zu befragen. Lachend und lachend erfüllte ich alle Aufgaben buchstabengetreu. Die Teilnehmer an dieser Bewegung waren so vorsichtig und nervös, dass es wie eine schlechte Nachahmung eines Kriminalromans war. Die Missionen, die sie mir anvertrauten, waren die harmlosesten, aber sie hörten nicht auf, ihre hohe Gefährlichkeit zu kommentieren. Damals dachte ich daran, der Partei beizutreten, und hatte nicht die geringste Angst vor dem Risiko, im Gefängnis zu landen. Ich dachte, dass das Leben erträglicher sein könnte als die schreckliche Angst, die ich im „wirklichen Leben", in der Männergesellschaft, erlebte und die mich dazu brachte, meine Nächte in einer Hölle der Schlaflosigkeit zu verbringen.

Sogar wenn mein Vater wegen seiner gesellschaftlichen Beschäftigungen oder im Parlament in Sakuragichos Haus war, verbrachte er drei oder vier Tage, ohne dass wir uns trafen. Seine Anwesenheit war jedoch bedrückend und beängstigend für mich, sodass ich überlegte, eine Rente zu suchen. Aber bevor ich darüber sprechen konnte, teilte mir der alte Mann, der das Haus verwaltete, mit, dass mein Vater beabsichtigte, es zu verkaufen.

Seine Amtszeit im Parlament stand kurz vor dem Abschluss, und er wollte seine Kandidatur wohl aus verschiedenen Gründen nicht noch einmal stellen; außerdem plante er den Bau eines Rückzugsortes in unserer Region. Da er keine Bindung zu Tokio hatte, kam er wohl zu dem Schluss, dass es sich für mich als einfachen Studenten nicht lohnte, ein so großes Wohnhaus offen zu halten. Ich weiß nicht, was mein Vater denken würde, Tatsache ist, dass er das Haus im Handumdrehen verkauft hat und ich mich in einem dunklen Raum in einer bestimmten Pension namens Senyukan in Morikawa im Stadtteil Hongo niederlassen musste . Sehr bald begannen meine finanziellen Probleme.

Mein Vater gab mir jeden Monat eine feste Zulage, die nach zwei oder drei Tagen verschwand; aber zu Hause gab es immer Tabak, Sake, Käse und Obst. Schreibwaren und Kleidung kaufte ich in den Läden in der Nachbarschaft, wo mein Vater Kunde war, und sie belasteten es von seinem Konto. Ich könnte Horiki zu **Soba**[1] einladen oder **Sehne**[2] in benachbarten Restaurants und gehen wortlos.

Plötzlich lebte ich allein in einer Rente und musste mich an die monatliche Zulage anpassen. Was für ein Ansturm. Aber es überraschte nicht, dass das Geld in zwei oder drei Tagen weg war und ich vor Verzweiflung verrückt wurde. Dann musste ich meinen Vater, meinen älteren Bruder und meine ältere Schwester telegrafisch um Geld

---

[1] Nudeln aus Buchweizenmehl, die oft in Suppen gegessen werden.

[2] Reisschale, auf der paniertes Gemüse oder Fisch serviert wird.

bitten; ausführliche Briefe – reine Fiktion und Possenreißer, da es bequem schien, jemanden zum Lachen zu bringen, der um einen Gefallen bat –, und außerdem wurde ich durch Horiki ein regelmäßiger Pfandleiher. Trotz allem war er immer knapp bei Kasse.

Um die Sache noch schlimmer zu machen, konnte ich nicht in dieser düsteren Pension leben, wo ich niemanden kannte. Wenn ich nur da saß, überkam mich die Angst, dass mich jeden Moment jemand angreifen oder auf mich schießen würde; Also ging ich schnell auf die Straße und half entweder in der Untergrundbewegung oder begleitete Horiki, um die Runde der Orte zu machen, die billigen Sake ausschenkten. Ich hatte die Schule und den Malunterricht fast vollständig abgebrochen. Zwei Jahre später versuchte ich, mit einer verheirateten Frau, die älter war als ich, Selbstmord zu begehen. Dort begannen die Komplikationen.

Ich ging nicht zum Unterricht oder schlug ein Buch auf, aber aus unerfindlichen Gründen schaffte ich es immer irgendwie in Prüfungen, damit ich meine Familie weiter betrügen konnte. Meine Abwesenheit störte jedoch die Schule, die meinem Vater einen vertraulichen Bericht schickte. Anstelle meines Vaters schrieb mir also mein älterer Bruder einen sehr langen und strengen Abmahnbrief. Aber was mich quälte, war das Geld, zusätzlich zu den vielen schwierigen Missionen, die mir die geheime Gruppe anvertraute, bis zu dem Punkt, dass ich sie nicht mehr halbwegs zum

Spaß hinnehmen konnte. Ich war zum Anführer der marxistischen Studentenbewegung in den zentralen Bezirken Tokios – Hongo, Koishikawa, Shiraya und Kanda – ernannt worden und musste herumlaufen, um „Kontakte" zu knüpfen, und nachdem ich von der Möglichkeit eines bewaffneten Aufstands gehört hatte, sagte ich trug in der Tasche des Regenmantels ein kleines Messer. Wenn ich mich daran erinnere, scheint es mir, dass es so zerbrechlich war, dass es nicht einmal ausreichte, um einen Bleistift zu spitzen.

Ich wollte am liebsten Sake trinken, bis ich fest eingeschlafen war, aber ich hatte kein Geld dafür. Die Gruppe – die, glaube ich mich zu erinnern, wir in unserer geheimen Sprache *P nannten* , weil es der Anfangsbuchstabe von „Partei" war – gab mir so viele Aufgaben, dass ich nicht einmal Zeit hatte, Luft zu holen, was echt war Exzess für meine ungesunde körperliche Konstitution. Zuerst half es, weil ich von seiner Irrationalität fasziniert war, aber meine Situation war eine unvorhergesehene Folge meines Witzes. Als ich von der Arbeit überwältigt war und meinen Ärger nicht unterdrücken konnte, wollte ich den Leuten von *P sagen,* dass ich mit all dem nichts zu tun habe. Ich beschloss zu fliehen; aber da es mir nicht richtig erschien, beschloss ich, mich umzubringen.

Drei Frauen interessierten sich damals besonders für mich. Eine von ihnen war die Tochter des Besitzers der Pension, in der ich wohnte. Wenn ich erschöpft von irgendeiner Aufgabe der Bewegung zurückkam und zu Bett ging, ohne auch nur den Mut zu haben, etwas zu essen, besuchte sie mich unweigerlich mit Schreibpapier und einem Stift in der Hand. „Mit deiner Erlaubnis machen meine kleinen Brüder unten viel Lärm und ich kann mich nicht konzentrieren“, sagte sie, während sie an meinem Schreibtisch saß, wo sie eine Stunde oder länger schrieb.

Ich hätte sie ignorieren und einschlafen können, aber es war offensichtlich, dass das Mädchen von mir erwartete, mit ihr zu sprechen, sodass ich mich in meiner üblichen Dienstgewohnheit und trotz nicht der geringsten Lust auf ein Gespräch auf den Bauch legen würde und zünde dir eine Zigarette an.

"Wissen? Es gibt Männer, die das Badewasser mit den Liebesbriefen erhitzen, die Frauen ihnen schicken“, begann ich.

"Wie schrecklich! Du meinst dich selbst, oder?“

„Nun, ich habe die Milch erhitzt und getrunken.“

„Was für eine Ehre für sie! Dass du es nimmst ...“

Als ich darüber nachdachte, warum sie nicht einfach wegging, dachte ich, ihr Brief wäre voller unsinniger Einzelbuchstaben.

"Komm schon, zeig es mir!" fragte ich, obwohl ich in Wirklichkeit nicht daran interessiert war, es zu sehen, selbst wenn mein Leben davon abhinge.

Während ich sagte: „Oh nein! Ach nein!" Ihr zufriedener Ausdruck war so grausam, dass er jedes mögliche Interesse auslöschte. Dann fiel mir ein, dass ich sie bestellen könnte.

„Entschuldigung, könnten Sie in die Apotheke gegenüber vom Bahnhof gehen und mir eine Flasche **Calmotin**[1] kaufen? Ich bin erschöpft, mein Gesicht brennt und ich werde nicht einschlafen. Wärst du so nett? Was das Geld betrifft ..."

"Mach dir keine Sorgen darüber."

Glücklich stand sie auf. Es ist nicht nötig, pingelig zu sein, etwas bei einer Frau zu bestellen; im Gegenteil, ich weiß sehr gut aus Erfahrung, dass sie es lieben, wenn ein Mann um etwas bittet.

Die andere Frau, die sich für mich interessierte, war eine „Klassenkameradin", die auf Lehramt studierte. Mit ihr, ob ich wollte oder nicht, musste ich mich aufgrund des Themas Militanz jeden Tag treffen. Diese Frau ist mir nach den Treffen immer beharrlich hinterhergelaufen und hat mir auch Geschenke mitgebracht. „Ich möchte, dass du mich als deine echte ältere Schwester betrachtest", sagte sie mir. Ich antwortete: „Natürlich", mit einem leichten Lächeln und am ganzen Körper zitternd. Ich hatte Angst, sie zu verärgern, also tat ich mein Bestes, um es zu verbergen; aber jedes

---

[1] In Japan war Bromid mit dem Produktnamen „Calmotin" spätestens Anfang der 1930er Jahre als rezeptfreies Medikament erhältlich und wurde allgemein als **Hypnotikum und Beruhigungsmittel verwendet** . Daher könnte ein einfacher Zugang zu diesem Medikament zu einer großen Anzahl von Selbstmorden aufgrund dieses Medikaments führen. (Quelle: https://pophealthmetrics.biomedcentral.com/)

Mal musste ich dieser hässlichen und unangenehmen Frau mehr gefallen. Ich nahm ihre Geschenke an – allesamt widerlich geschmackvoll, die ich loswurde, indem ich sie an den Postboten oder den Lebensmittelhändler weitergab . Ich versuchte, glücklich auszusehen, wenn ich bei ihr war . Mit fröhlichen Gesichtsausdrücken machte ich einen Witz, um sie zum Lachen zu bringen. Eines Sommerabends, da es keine Möglichkeit gab, sie loszuwerden, gab ich ihr einen Kuss. Dann rief sie, peinlich aufgeregt, ein Taxi und brachte mich zu dem Zimmer, das die Bewegung heimlich gemietet hatte, einem beengten, büroähnlichen Ort, und wir verbrachten ein paar verrückte Stunden bis zum Morgengrauen. „Was für eine außergewöhnliche ältere Schwester ich habe ", sagte ich mir mit einem schiefen Lächeln.

Jeden Tag war es unvermeidlich, der Tochter des Wirts oder dieser „Genossin" zu begegnen, also konnte ich nicht die Ressource nutzen, ihnen auszuweichen, wie ich es bisher bei anderen Frauen getan hatte. Ohne es zu merken und von meiner üblichen Unsicherheit getrieben, tat ich schließlich mein Bestes, um mich bei beiden einzuschmeicheln, als wäre ich ihnen etwas schuldig.

Etwa zur gleichen Zeit erhielt ich Gefälligkeiten von einer Kellnerin in einem dieser großartigen Ginza-Cafés. Nach nur einer Begegnung war ich ihr so dankbar, dass ich mich vor Sorgen und leeren Ängsten kaum bewegen konnte. Dann könnte ich einen Zug nehmen oder ins Kabukiza-Theater gehen, ohne dass Horiki mich mitnimmt. Bekleidet mit einem funkelnden Seidenkimono traute ich mich sogar allein in ein Café.

Bis zu einem gewissen Grad habe ich mich daran gewöhnt, Frechheit vorzutäuschen. In meinem Herzen hatte ich kein Jota der Angst vor menschlicher Haltung und Gewalt verloren; aber obwohl ich diese Angst und dieses Leiden nicht aufhörte, hatte ich mich oberflächlich allmählich daran gewöhnt, Hallo zu sagen und in das Gesicht zu schauen ... Nein! Das ist nicht wahr! Ich konnte mit niemandem sprechen, ohne mit einem schmerzerfüllten Lächeln die Possenreißer meiner Niederlage zu zeigen.

Zumindest hatte ich mir die Fähigkeit angeeignet, einige konventionelle Sätze zu stottern, war das ein Ergebnis meiner Aktivitäten in der Untergrundgruppe? Oder dank der Frauen? Vielleicht Alkohol? Aber es scheint mir vor allem am Geldmangel gelegen zu haben. Wohin ich auch ging, dieses Gefühl der Angst verfolgte mich. Mir kam der Gedanke, dass mein unerbittlich verfolgtes Herz sich beruhigen könnte, wenn ich eines der großen Cafés betrete, das mit betrunkenen Kunden, Kellnerinnen und Kellnern überfüllt ist, und mich unter sie mischen würde.

Also ging ich mit nur zehn Yen in der Tasche in ein tolles Café im noblen Ginza-Viertel. „Ich warne Sie, ich habe nur zehn Yen“, sagte ich und lächelte die Kellnerin an, die auf mich zukam. „Mach dir keine Sorgen“, antwortete sie mit einem

Kansai-Akzent[1]. Für mich, der vor Angst zitterte, beruhigten mich diese Worte auf seltsame Weise. Und das lag nicht daran, dass ich mir keine Sorgen mehr um Geld machen musste. Ich hatte den Eindruck, dass es bei ihr nichts zu befürchten gab.

Während ich Sake trank, fühlte ich mich so entspannt, dass ich nicht einmal meine Possenreißer ausleben musste. Ich trank schweigend und verbarg meinen wahren Charakter nicht, ruhig und düster. „Hast du Lust?" fragte sie mich und goss mir ein paar Häppchen ein. Ich schüttelte den Kopf. „Nur um des Willens willen?" Dann werde auch ich trinken.

Es war eine kalte Herbstnacht. Ich wartete an einem Sushi-Stand hinter dem Cinza auf Tsuneko – ich glaube, so wurde sie genannt, obwohl meine Erinnerungen vage sind und ich nicht sicher bin; Ich kann sogar den Namen von jemandem vergessen, mit dem ich einen Selbstmordpakt geschlossen habe – ich habe an einem Straßen-Sushi-Stand auf sie gewartet. Das Sushi war scheiße. Es ist merkwürdig, dass ich mich, obwohl ich vielleicht ihren Namen vergessen habe, genau daran erinnere, wie ekelhaft Sushi war, sowie an das Gesicht des Mannes, der es zubereitet hat, ähnlich dem eines **Aodaisho**[2] Schlange und mit bis zum Ende geschnittenem Haar. Der alte Mann drehte sich immer wieder um und versuchte, den trügerischen Eindruck zu erwecken, als würde er Sushi zubereiten. Ich scheine es gerade zu sehen.

---

[1] Region bestehend aus Kyoto, Kobe und Osaka.

[2] Japanische Rattenschlange

Jahre später sah ich ungefähr dreimal ein bekanntes Gesicht im Zug und nachdem ich mir den Kopf gebrochen hatte, kam ich zu dem Schluss, dass es wie der Mann am Sushi-Stand aussah, und lächelte bitter. Es fällt mir zwar schwer, mich an den Namen und das Gesicht dieser Frau zu erinnern, aber an den Mann am Sushi-Stand erinnere ich mich so gut, dass ich ihn zeichnen könnte. Dies zeigt sicherlich, wie schrecklich dieses Sushi war, dass es meinen Körper kühlte und mich mit Unbehagen erfüllte. Selbst wenn mich jemand in ein gutes Sushi-Restaurant mitgenommen hat, habe ich nie wirklich entspannt gegessen. Während sie auf sie wartete, sagte sie mir, dass das Reisbällchen zu dick sei. Warum nicht etwa die Größe Ihres Daumens machen?

Tsuneko hatte ein Zimmer im ersten Stock eines Schreinerhauses gemietet. Dort trank ich Tee, ausgestreckt auf dem Tatami-Boden, die Wange auf meiner Handfläche ruhend, als würde ein Zahn schmerzen, und ohne im geringsten meine düstere Stimmung zu verbergen. Anscheinend mochte sie meine Haltung nicht. Es vermittelte das Gefühl, völlig isoliert zu sein, wie ein trockener Baum, der vom kalten Wind gepeitscht wird, in dem die toten Blätter tanzen.

Während wir uns ausruhten, erzählte sie mir, dass sie zwei Jahre älter sei als ich und aus Hiroshima stamme, wo ihr Mann als Friseur gearbeitet habe. Im Frühjahr letzten Jahres flohen sie jedoch nach Tokio; aber der Mann konnte keine Arbeit finden und wurde des Betrugs beschuldigt, für den er im Gefängnis saß. Bisher hatte sie ihn jeden Tag besucht, aber sie hatte nicht die Absicht, noch mehr zu gehen. Das hat sie mir unter anderem erzählt, obwohl ich nicht viel darauf geachtet habe, weil Frauen mich langweilen, wenn sie anfangen, über sich selbst zu reden. Ich weiß nicht, ob es an ihrer schlechten Ausdrucksfähigkeit liegt, weil sie es versäumen, das Richtige zu betonen, oder aus irgendeinem anderen Grund; Der Punkt ist, ich habe diesen Geschichten immer ein taubes Ohr geschenkt.

"Ich bin so traurig! ”

Ich bin sicher, dass dieser eine mir zugeflüsterte Satz mein Mitgefühl mehr wecken würde als die längste, sorgfältigste Darstellung eines Frauenlebens. Aber bisher hat noch keine Frau diese einfachen Worte vor mir ausgesprochen, was mir sehr seltsam vorkommt. Obwohl diese Frau nicht sagte: 'Ich bin so traurig!' Als ich mich ihr näherte, wurde auch mein Körper von dieser Strömung umhüllt, die sich mit meiner durchdringenden Melancholie vermischte, „wie ein totes Blatt, das auf dem Grund des Wassers verrottet“. Endlich hatte ich mich von Angst und Qual befreit.

Es war etwas ganz anderes, als friedlich in den Armen dieser idiotischen Prostituierten zu schlafen; sie waren fröhlich. Die Nacht, die ich mit der Frau dieses des Betrugs angeklagten Verbrechers verbrachte, war sehr glücklich und befreiend. Ich stelle mir vor, dass ich nie wieder so entschiedene und unbedenkliche Worte in diesen Notizbüchern verwenden werde.

Aber es dauerte nur eine Nacht. Am Morgen öffnete ich meine Augen, sprang auf und wurde wieder der übliche oberflächliche Possenreißer. Feiglinge fürchten sogar das Glück. Sie können sogar durch Baumwolle verletzt werden. Manchmal tut ihnen sogar das Glück weh. Bevor ich verletzt wurde, rannte ich von ihr weg und benutzte die Possenreißer als Vorwand.

„Dass das Ende des Geldes das Ende der Liebe ist, kann umgekehrt interpretiert werden. Das bedeutet nicht, dass die Frau den Mann verlässt, wenn das Geld ausgeht. Als dem Mann das Geld ausgeht, sitzt er am Fuße des Abgrunds, ohne die geringste Lust zu lachen, in Pessimismus versunken, und er ist es schließlich, der die Frau im Stich lässt. Der Mann dreht halb durch und hört nicht auf zu wichsen, bis er von ihr befreit ist. Die Erklärung des Sprichworts finden Sie im Kanazawa-Wörterbuch … Ich für meinen Teil habe es in meinem eigenen Fleisch gelebt."

Ich erinnere mich, als ich anfing, solchen Unsinn zu sagen, lachte Tsuneko. Aus Angst, länger zu bleiben, war ich bereit zu gehen, ohne mein Gesicht zu waschen. Da platzte ich heraus, ohne nachzudenken, dass das Ende des Geldes das Ende der Liebe ist, was später schwerwiegende Folgen hatte.

Es dauerte einen Monat, bis ich mich wieder mit der Frau traf, die mir an diesem Abend ihre Gunst erwiesen hatte. Nachdem ich sie verlassen hatte, schwand mein Glück im Laufe der Tage. Ich war entsetzt bei dem Gedanken, dass ich durch eine flüchtige Barmherzigkeit schreckliche Bindungen geschaffen hatte, und bedauerte sogar, dass Tsuneko meine Rechnung in dem Café bezahlt hatte, in dem sie arbeitete. Trotz der Distanz wurde sie für mich zu einer bedrohlichen Frau, die mich unaufhörlich einschüchterte, genau wie das Mädchen in meiner Pension oder das Mädchen, das auf Lehramt studierte. Ich fürchtete, wütend zu reagieren, wenn ich die Frau, mit der ich geschlafen hatte, noch einmal traf, also entschied ich mich, nicht zu Ginza zu erscheinen. Dass sie mich genervt hat, war nicht auf List zurückzuführen. Die Frauen verhielten sich ganz anders, wenn sie zu Bett gingen und am nächsten Tag aufstanden, ohne die geringste Verbindung, als hätten sie völlig vergessen, was passiert war; es war ein seltsames Phänomen, als wäre es in zwei Welten geteilt worden; etwas, das ich nicht verdauen konnte.

Ende November war ich mit Horiki bei einem billigen Sake an einem Straßenstand in Kanda. Kaum waren wir gegangen, bestand dieser schlechte Freund schon darauf, woanders weiter zu trinken, obwohl wir keinen Cent mehr in der Tasche hatten. Da ich ziemlich betrunken war, fühlte ich mich viel mehr geworfen als sonst.

„Nun, ich werde dich in ein Land der Träume mitnehmen. Sake, Frauen ...“, schlug ich vor.

„Auf einen Kaffee?“

"Genau da."

"Lass uns gehen!"

Nachdem wir uns entschieden hatten, nahmen wir die Straßenbahn.

„Ich habe heute Nacht Hunger auf Frauen“, sagte Horiki fröhlich. „Können Kellnerinnen geküsst werden?“

Ich mochte es überhaupt nicht, als Horiki die Rolle des Säufers spielte. Er wusste es, und deshalb bestand er darauf.

„Weißt du, hm? Ich werde sie küssen! Der, der neben mir sitzt, wird nicht ohne einen Kuss davonkommen, oder?“

"Mach was du willst."

"Wie gut! Ich sterbe für eine Frau.“

Wir stiegen an der Haltestelle Ginza Yonchome aus und gingen in das großartige Café „Sake and Women“. Ich hatte keine andere Wahl, als darauf zu vertrauen, dass Tsuneko da war, da ich keinen Cent hatte. Wir saßen in einer leeren Nische und Tsuneko und andere Kellnerinnen eilten bald herbei. Einer von ihnen setzte sich neben mich und Tsuneko ließ sich neben Horiki fallen; sie gab mir einen anfang. Bald würde er sie küssen.

Nicht, dass ich eifersüchtig gewesen wäre; Ich war nie besitzergreifend. Es ist wahr, dass es mir manchmal leid tat, etwas verloren zu haben, aber nie genug, um mich aus diesem Grund anderen zu stellen, bis zu dem Punkt, dass ich Jahre später sah, wie meine Frau vergewaltigt wurde, ohne etwas dagegen zu tun.

Ich will mich nicht in Gräben zwischen Menschen einmischen. Ich habe Angst, in diesen Strudel zu fallen. Die Beziehung zwischen Tsuneko und mir dauerte nur eine Nacht. Sie war nicht meine; nur ich war an der Reihe . Es wäre nicht möglich, eifersüchtig auf sie zu sein. Aber trotzdem hatte ich einen Anfang.

Es tat mir leid, dass Tsuneko Horikis heftige Küsse vor meinen Augen ertragen musste. Einmal von Horiki verdorben, konnte sie nicht mit mir weitermachen. Aber mein Wille war nicht stark genug, um sie zurückzuhalten. Aaah ... es würde enden. Bei Tsunekos Unzufriedenheit konnte ich nur seufzen. Aber im nächsten Moment fand ich mich damit ab, mich von dem Strom der Ereignisse mitreißen zu lassen, und als ich jetzt Horiki und Tsuneko ansah, lächelte ich wie ein Idiot.

Doch unerwartet nahm die Situation eine schlimme Wendung.

"Es ist aus!" rief Horiki mit einer Grimasse. „Niemand wie ich kann einer so elenden Frau so etwas antun …“

Murmelnd mit verschränkten Armen drehte ich mich zu Tsuneko um.

„Ich möchte Sake trinken.“ Aber ich habe kein Geld.

Ich wollte mich in Sake ertränken. In den Augen der Menschen war Tsuneko unglücklich, mit dem Geruch der Armut war sie nicht einmal den Kuss eines Betrunkenen wert. Plötzlich traf mich das wie ein Blitz. Ich trank wie nie zuvor in dieser Nacht und jedes Mal, wenn meine Augen Tsunekos begegneten, tauschten wir ein trauriges Lächeln aus. Während ich dachte, sie sei eine erschöpfte Frau mit einem armseligen Aussehen, wurde in mir eine Solidarität mit dieser Gefährtin in Armut geboren; Schon jetzt denke ich, dass die Konfrontation zwischen Arm und Reich ein Thema ist, das überholt erscheint, aber immer Teil der Tragödien sein wird. Mitgefühl für Tsuneko begann in mir aufzusteigen; und neben ihr ein schwaches Gefühl der Liebe.

Ich habe gekotzt. Ich wusste nicht einmal, wo ich war. Es war das erste Mal, dass ich durch die Wirkung des Getränks völlig das Bewusstsein verlor. Als ich meine Augen öffnete, saß Tsuneko an meinem Bett. Anscheinend hatte ich in ihrem Zimmer geschlafen, im ersten Stock des Zimmermannshauses.

„Das Ende des Geldes ist das Ende der Liebe … Ich dachte, du machst Witze, aber meinst du das ernst? Da kamst du nie wieder ... Was für kompliziertere Geschichten! Ich kann für Sie beide arbeiten, was denken Sie?“

"Auf keinen Fall."

Dann legte sie sich neben mich. Gegen Morgen kam zum ersten Mal das Wort „Tod“ über ihre Lippen. Tsuneko schien auch davon erschöpft zu sein, als Mensch zu existieren. Ich für meinen Teil dachte an meine Angst vor der Welt und ihren Komplikationen, der geheimen Gruppe, den Frauen, dem Studium, und es schien unmöglich, weiterzuleben, und so nahm ich ihren Vorschlag an. Aber ich hatte mich immer noch nicht mit dem Sterben abgefunden. In meiner Antwort verbarg sich eine gewisse Abenteuerlust. Wir verbrachten den Morgen damit, durch Asakusa zu spazieren. Wir gehen in eine Cafeteria und trinken ein Glas Milch. „Diesmal bezahlst du", sagte Tsuneko. Als ich zum Bezahlen aufstand und die Geldbörse öffnete, waren da nur drei mickrige Kupfermünzen. Mehr als Scham empfand ich Entsetzen.

Sofort fiel mir ein, dass ich im Pensionszimmer nur meine Schuluniform und Bettzeug hatte; Ich hatte nichts mehr, was ich in diesem trostlosen Zimmer verpfänden könnte. Ich hatte nur das, was ich trug: Kimono und Mantel aus funkelnder Seide. Mir war klar, dass ich nicht weiterleben konnte.

Während ich dort war und nicht wusste, was ich tun sollte, warf die Frau einen Blick auf meine Handtasche. "Hallo? Hast du nicht mehr als das?" Sagte sie unschuldig, aber ich fühlte einen schmerzhaften Stich, der nur von der Stimme der ersten Frau verursacht werden konnte, die ich liebte. "Nur das? Hast du nicht mehr als das? Aber drei **Sen**[1] Kupfer kann man nicht Geld nennen!" Ich fühlte eine seltene Demütigung, die ich bis jetzt noch nie erlebt hatte. Eine Demütigung, die es mir nicht erlaubte, weiterzuleben; Denn ich hatte mich damals noch nicht von der Identität des Sohnes einer wohlhabenden Familie befreit. Also

[1] Währungseinheit, die einem Hundertstel eines Yen entspricht.

fasste ich die wirkliche Entschlossenheit, mich umzubringen.

In dieser Nacht sprangen wir bei Kamakura ins Meer. Tsuneko löste ihre Kimonoschärpe und sagte, dass sie sie von einer Kollegin ausgeliehen habe, und ließ sie auf einem Felsen liegen. Ich zog meinen Mantel aus und legte ihn an die gleiche Stelle. Dann gingen wir ins Wasser. Sie ist gestorben und ich habe versagt.

Da ich nur Student war und der Name meines Vaters einen gewissen Nachrichtenwert hatte, machte die lokale Presse einen Wirbel um den Vorfall. Ich wurde in ein Krankenhaus an der Küste eingeliefert, und einer meiner Verwandten reiste an, um sich um die notwendigen Vorkehrungen zu kümmern. Bevor er ging, sagte er mir, dass meine Familie so wütend gewesen sei, dass sie mich sogar enterben könnten. Aber das war mir egal; Ich hatte so Heimweh nach Tsuneko, dass ich nicht aufhören konnte zu weinen. Bis heute habe ich nie jemand anderen als den elenden Tsuneko geliebt.

Das Mädchen aus der Pension schickte mir einen langen Brief mit etwa fünfzig kurzen **Tanka**[1] Gedichten. Ja, fünfzig, und alle begannen mit der Zeile „lebe für mich“. Auch die Krankenschwestern kamen gerne in mein Zimmer, um mir Gesellschaft zu leisten, und einige hielten sogar kurz meine Hand, bevor sie gingen.

---

[1]Ein 31-silbiges Gedicht in freien Versen, das aus Japan stammt.

Es hat mir sehr geholfen, dass das Krankenhaus bei mir eine rechte Lungenerkrankung diagnostiziert hat, weil die Polizei mich wie einen Kranken und nicht wie einen Verbrecher behandelt hat. Als sie mich suchten, um mich wegen Selbstmordversuchs zu verhören, steckten sie mich in eine Sonderzelle.

Spät in der Nacht öffnete der diensthabende ältere Polizist die Tür einen Spaltbreit und rief mich an.

"Hallo du! Komm her, um dich ein bisschen aufzuwärmen“, sagte er.

Ich ging mit gesenktem Kopf hinein, täuschte Entmutigung vor, setzte mich auf einen Stuhl und legte meine Hände an die Kohlenpfanne.

„Ich verstehe, du vermisst die Frau, die gestorben ist, oder?“

„Ja …“, antwortete ich mit gedämpfter Stimme.

„Man könnte sagen, dass das Teil der menschlichen Natur ist“, sagte er. Nach und nach hatte er sich Sorgen gemacht. „Wie bist du dazu gekommen, mit dieser Frau auszugehen?“

Sein Ton war schon fast der eines Richters, so anmaßend war er geworden, als er mich fragte. Er hielt mich für ein Kind und vielleicht mit der Absicht, sich an diesem Herbstabend zu unterhalten , und benahm sich, als ob er für die Ermittlungen verantwortlich wäre, um mich dazu zu bringen, eine obszöne Geschichte zu gestehen. Es traf mich sofort und ich musste mich anstrengen, ihm nicht ins Gesicht zu lachen. Ich wusste, dass ich nicht verpflichtet war, diese Fragen des Polizeibeamten zu beantworten, die nicht Teil der offiziellen Ermittlungen waren; aber um die lange Herbstnacht erträglicher zu machen, nahm ich eine fügsame Haltung ein; als ob ich in Wirklichkeit fest daran glaubte, dass der Polizist für die Ermittlungen verantwortlich war und dass meine Strafe allein von ihm abhing. Also machte ich nach Lust und Laune eine 'Erklärung', um ihn glücklich zu machen.

„Mmm … ich habe schon mehr oder weniger verstanden, worum es geht. Sogar wir berücksichtigen, wenn jemand aufrichtig ist.“

"Vielen Dank. Hoffentlich."

Meine Darstellung war von göttlicher Fähigkeit, obwohl sie absolut keinen Nutzen hatte. Als der Morgen dämmerte, rief mich der Polizeichef an, um mit den eigentlichen Ermittlungen zu beginnen. Sobald ich die Tür öffnete und sein Büro betrat, sagte er:

"Gut gut! Wie gutaussehend!" Und zu mir gewandt: „Die Schuld liegt nicht bei dir, sondern bei der Mutter, die dich so gemacht hat.“

Der Polizeichef war noch jung, etwas dunkelhäutig und sah aus, als hätte er studiert. Als ich das zu mir sagte, fühlte ich mich plötzlich wie eine deformierte Person, als hätte ich ein Muttermal im Gesicht.

Die Untersuchung des Beamten, der seinem Körperbau nach Judo oder Kendo zu praktizieren schien, war einfach und präzise; Tag und Nacht anders als die, die mir der ältere Polizist am Vortag angetan hat, heimlich und auf der Suche nach obszönen Aspekten.

Als das Verhör beendet war, begann der Polizeichef ein Formular auszufüllen, das er an die Staatsanwaltschaft schickte.

„Du darfst deine Gesundheit nicht vernachlässigen. Du spuckst Blut, richtig?"

Am Morgen hatte ich einen sehr seltsamen Husten und jedes Mal, wenn ich hustete, bedeckte ich meinen Mund mit einem Taschentuch, auf dem Blutspuren waren. Aber in Wirklichkeit war es nicht von meinem Hals gekommen, sondern von einem Pickel unter meinem Ohr, den ich mir am Tag zuvor ausgedrückt hatte. Ich dachte, es wäre besser für mich, die Wahrheit nicht zu erklären.

Ich senkte meine Augen und murmelte scheinheilig: „Ja."

„Ich weiß nicht, ob Sie strafrechtlich verfolgt werden, denn das hängt vom Staatsanwalt ab", sagte er, nachdem er die Dokumente ausgefüllt hatte. „Aber es wäre besser, wenn Sie anrufen oder telegrafieren, damit jemand kommt, der für Sie bürgt. Du hast jemanden, richtig?"

Ich erinnerte mich an einen Mann namens Shibuta, einen Antiquitätenhändler, der meinen Vater regelmäßig besuchte. Er war ledig, rundlich, in den Vierzigern und hatte mich für die Aufnahme in die Schule unterstützt. Sein Gesicht, besonders in der Nähe der Augen, hatte das Aussehen einer **Sohle**[1]; deshalb nannte ihn mein

---

[1]Eine Art Plattfisch

Vater früher „der Sohle“ und ich habe mich auch an diesen Spitznamen gewöhnt.

Ich schlug seine Nummer im Telefonbuch nach, das mir die Polizei geliehen hatte, rief ihn an und bat ihn, zum Polizeibüro von Yokohama zu gehen. Sohle war so arrogant, dass er wie jemand anderes aussah, aber am Ende akzeptierte er.

„Hey, jemand desinfiziert den Telefonhörer. Er hat Blut gehustet, wissen Sie.“ sagte der Polizeichef mit kräftiger Stimme, die mir deutlich zu Ohren kam, als er in der Zelle saß.

Nach Mittag fesselten sie meine Handgelenke mit einem feinen Esparto-Seil; obwohl sie mir erlaubten, meine Hände unter meinem Mantel zu verstecken, und ein junger Polizist das Ende des Seils festhielt. Wir nahmen beide den Zug nach Yokohama.

Was passierte, störte mich überhaupt nicht; nicht die Polizeizelle, nicht der ältere Agent, warum sollte es sein? Als sie mich wie einen Verbrecher fesselten, fühlte ich mich erleichtert, sehr ruhig. Jetzt, während ich dies schreibe, erinnere ich mich, dass ich mich sehr gut fühlte, sogar freudig.

Aber unter den schönen Erinnerungen an diesen Anlass werde ich nie einen bedauerlichen Fehler vergessen, der mir noch heute kalte Schweißausbrüche bereitet. Ich war im dunklen Büro und beantwortete eine einfache Frage des Staatsanwalts. Er war ein ruhiger Mann in den Vierzigern. Wenn ich in meinem Fall gutaussehend genannt werden könnte, wäre ich eine obszöne Schönheit, während er ehrlich war und eine ruhige Klugheit ausstrahlte. Er war so entspannt, dass selbst ich bei meiner Aussage nicht mehr aufpasste. Plötzlich hatte ich einen dieser Hustenanfälle, ich nahm das Taschentuch vom Ausschnitt des Kimonos und als ich das Blut sah, kam mir der Gedanke, dass ich den Husten ausnutzen könnte. Deshalb habe ich am Ende des königlichen Hustens zweimal ein Trinkgeld hinzugefügt und, den Mund immer noch vom Taschentuch bedeckt, den Staatsanwalt angeschaut.

„Ist das wirklich Husten?" fragte er mit einem leichten Lächeln.

Allein die Erinnerung daran verursacht mir viel mehr als einen kalten Schweiß; Ich kann nicht umhin, mich besorgt zu regen. Wenn ich sagen würde, dass es schockierender war, als als dieser Idiot Takeichi von der High School mir mit einem Finger in den Rücken gestoßen und mich mit den Worten „Du hast es mit Absicht gemacht" in die Hölle gestürzt habe, wäre das keine Übertreibung. Diese beiden Auftritte waren die schlimmsten Fehlschläge meiner ganzen Existenz. Manchmal denke ich sogar, dass es besser gewesen wäre, zu zehn Jahren Gefängnis verurteilt worden zu sein, als die stille Verachtung des Staatsanwalts zu erleiden.

Meine Anklage wurde abgewiesen, aber das bereitete mir nicht die geringste Freude; Ich saß auf einer Bank im Wartezimmer der

Staatsanwaltschaft und wartete darauf, dass Sohle kam und mich abholte.

Durch die hohen Fenster hinter der Bank konnte man den rötlichen Abendhimmel sehen. Die Möwen flogen und zeichneten eine Kurve in den Himmel, die wie eine weibliche Silhouette aussah.

Drittes Notizbuch

Erster Teil

Von Takeichis Vorhersagen traf eine ein und die andere nicht. Die unrühmliche Prophezeiung , dass sich Frauen in mich verlieben würden, hat sich bewahrheitet, aber nicht die glückliche, dass ich ein berühmter Maler werden würde. Ich habe es nicht geschafft, mehr als ein schlechter Karikaturist für minderwertige Publikationen zu werden.

Aufgrund dessen, was in Kamakura passiert ist, wurde ich von der Schule verwiesen und lebte schließlich in einem winzigen Raum mit drei **Tatami-Matten**[1] im ersten Stock des Hauses Sohle. Anscheinend kamen jeden Monat kleine Geldsummen für meinen Unterhalt aus meiner Heimatstadt an, obwohl sie direkt an Sohle gingen. Außerdem stammten sie von meinen Brüdern, die sie heimlich von meinem Vater geschickt hatten. Meine Beziehungen zur Familie waren abgebrochen und zu allem Überfluss war Sohle immer schlecht gelaunt; selbst wenn ich ihn anlächelte, er entsprach mir nie. Ich fand es erstaunlich – oder eher komisch – wie Menschen sich mit der gleichen Leichtigkeit, mit der sie ihre Hände drehten, radikal verändern konnten.

Ich wiederholte mir immer wieder: „Kein Ausgehen, eh? Nichts zum Ausgehen." Sohle ließ mich nicht aus den Augen, als ob er fürchtete, ich würde wieder versuchen, Selbstmord zu begehen, indem ich mich ins Meer stürzte, um in die Fußstapfen der Toten zu treten. Kurz gesagt, es

---

[1] Ist eine Art Matte, die als Bodenbelag in Räumen im traditionellen japanischen Stil verwendet wird.

war strengstens verboten, die Straße zu betreten. Ich konnte weder Sake trinken noch rauchen, und ich verbrachte den ganzen Morgen bis in die Nacht eingesperrt in dem Drei-Tatami-Raum oben und las wie ein Vollidiot alte Zeitschriften; Ich hatte sogar den Mut verloren, mich umzubringen.

Das Haus von Sohle lag in der Nähe der medizinischen Fakultät von Okubo. Das Schild seines Ladens mit der Aufschrift „Garten des grünen Drachen, Kunst und Antiquitäten“ war ziemlich protzig. Aber in Wirklichkeit hatte er den Laden und das Haus zusammen; eine der beiden Türen war der schmale Eingang zum Laden, übersät mit Staub und allerlei altem Gerümpel. Natürlich lebte er nicht von diesem Geschäft, sondern von Eigentumsübertragungen zwischen Kunden, um Steuern zu vermeiden.

Die Wahrheit ist, dass er kaum Zeit im Laden verbracht hat. Schon morgens stürmte er stirnrunzelnd hinaus und überließ einen siebzehn- oder achtzehnjährigen Lehrling, der den Laden leitete. Aber dieser, da er nicht viel zu tun hatte, hat er von der Arbeit geschmissen und angefangen, mit den Jungs aus der Nachbarschaft Ball zu spielen. Außerdem muss er den Bewohner des Obergeschosses für verrückt gehalten haben, weil er mit Predigten im Ton eines Erwachsenen zu mir kam; obwohl ich mit meinem Charakter, Konfrontationen mit irgendjemandem zu vermeiden, demütig mit einem Ausdruck von Müdigkeit oder Interesse zuhörte.

Anscheinend war der Lehrling ein unehelicher Sohn von Sohle, obwohl sie sich nie wie Vater und Sohn behandelten. Da Sohle Single war, muss er dafür einen Grund gehabt haben, so das Gerücht, das ich vor langer Zeit von den Leuten zu Hause gehört habe . Aber ich interessiere mich überhaupt nicht für die Geschäfte anderer Leute, also machte ich mir nicht die Mühe, viel mehr zu lernen. Bei genauerem Hinsehen hatten die Augen des Jungen jedoch zweifellos etwas seltsam Fischartiges , weshalb der Klatsch vielleicht nicht stimmte. Wenn ja, was für ein lebhaftes Leben sie führten. Manchmal, spät in der Nacht und ohne mich einzuladen, fragten sie nach Soba-Nudeln oder ein anderes Gericht aus einem Restaurant in der Nachbarschaft, das sie in völliger Stille aßen.

Im Haus von Sohle bereitete immer der Lehrling das Essen zu und brachte es dreimal täglich auf einem separaten Tablett zum Parasiten im ersten Stock. Sie aßen in einem feuchten Raum mit vier Tatami-Matten, wo nur das eifrige Bewegen von Essstäbchen auf dem Geschirr zu hören war.

Eines Abends Ende März lud er mich ausnahmsweise ein, weil er unerwartete Gewinne erzielt hatte oder wegen einer List, die ihm in den Sinn kam - es hätte viele andere Gründe geben können, die ich mir nicht einmal vorstellen konnte -, lud er mich ausnahmsweise ein sein Tisch, an dem es so ungewöhnliche Köstlichkeiten wie

Sashimi[1] vom Thunfisch gab; sie überraschten sogar den Wirt selbst, der geneigt war, diesem faulen Untermieter sogar Sake anzubieten.

"Was hast du von jetzt an vor?" Fragte er einmal.

Ich antwortete nicht gleich, sondern biss von dem **Tatamiiwashi**[2] ab Platte und während ich in die silbernen Augen der Elritzen blickte , ließ ich mich von der leichten Wirkung des Sake mitreißen. Ich vermisste die vergangenen Festtage und sogar Horiki, und ich wollte mehr als alles andere diese Freiheit wiedererlangen; Plötzlich war ich so traurig, dass ich kurz davor war in Tränen auszubrechen.

Seit ich in dieses Haus kam, hatte ich keinen Grund mehr, den Clown zu spielen; Ich hatte nur tatenlos neben mir gelebt, unter den verächtlichen Blicken von Sohle und dem Lehrling. Sohle schien lange Gespräche nicht besonders zu mögen, und ich für meinen Teil hatte keine Lust, ihm mit Beschwerden nachzulaufen , also lebte ich nur in einer Mütze mit einem dummen Gesicht.

Sohle setzte seinen Diskurs fort. „Sieht so aus, als ob die Strafe zur Bewährung ausgesetzt wurde, und Sie erhalten keine Vorstrafen. Wie auch immer, wenn Sie wollen, können Sie Ihr Leben neu

---

[1] Roher Fisch, in dünne Scheiben geschnitten, gegessen, garniert mit Sojasauce und anderen Gewürzen.

[2] Winzige Sardinen, gepresst wie ein Blatt Papier.

aufbauen. Falls Sie etwas ernsthaft in Betracht ziehen und mir davon erzählen, werde ich tun, was ich kann, um Ihnen zu helfen."

Die Art, wie man von Sohle oder vielmehr von allen Menschen sprach, war so kompliziert und verwirrend, dass man nicht wissen konnte, wohin diese seltsamen Drehungen und Wendungen führten. Ich war immer verblüfft über diese nutzlosen, aber strengen Vorsichtsmaßnahmen sowie die unzähligen kleinen Manöver, die damit verbunden sind. Ich habe sie satt und habe mich entschieden, auf meine Possen zurückzugreifen oder meinen Kopf schweigend mit der Haltung der Besiegten zu neigen.

Jahre später dachte ich, wenn Sohle mir die Dinge klar und einfach gesagt hätte, hätte ich es viel besser gemacht. Aber seine unnötige Vorsicht, vielmehr die unverständlichen Erscheinungen der Gesellschaft, zwangen mich zu einer ganzen Reihe bitterer Erfahrungen.

Es wäre viel besser gewesen, wenn Sohle mir gesagt hätte: „Ab April musst du den Kurs in einer Schule beginnen, egal ob öffentlich oder privat. Zu Beginn des Studiums wird Ihnen von zu Hause aus ein angemessener Betrag zur Unterstützung zugeschickt."

Erst viel später wusste ich, dass das eigentlich das war, was sie von mir erwarteten, und ich hätte sicher gehorcht. Aber die vorsichtige und komplizierte Art, sich auszudrücken, ich meine Sohle, hat am Ende mein Leben komplett verändert.

„ Wenn Sie mir nicht vertrauen wollen, was Sie meinen, werden wir überhaupt nicht gut abschneiden“, sagte er.

„Wem vertrauen?“

Ich hatte keine Ahnung, was er meinte.

„Nun, was macht dir Sorgen?“

"Beispielsweise?"

„Was meinst du mit ‚zum Beispiel'? Natürlich, was Sie vorhaben.“

„Du suchst dir besser einen Job, oder?“

„Das sage ich dir nicht. Was ich wissen möchte, ist, was Sie tun möchten.“

„Aber selbst angenommen, ich würde sagen, dass ich wieder zur Schule gehen möchte …“

„Das kostet natürlich Geld. Aber das Problem ist nicht das Geld, sondern das, was man tun möchte.“

Warum hat er mir nicht gesagt, dass meine Familie das nötige Geld schicken würde? Allein dadurch hätte ich sofort die Entscheidung zum Studium treffen können; aber ich wurde einfach im Dunkeln gelassen.

"Was sagen Sie? Haben Sie irgendwelche Wünsche für die Zukunft? Die Person, der Sie helfen, kann sich nicht einmal vorstellen, wie schwierig die Aufgabe ist.“

"Verzeihung..."

„Nur damit du es weißt, ich mache mir Sorgen um dich. Da ich mich bereit erklärt habe, mich um Sie zu kümmern, möchte ich Sie nicht mit einer oberflächlichen Haltung sehen, sondern mit der festen Absicht, ein anständiges Dasein zu führen. Wenn Sie ernsthaft über Ihre Pläne für die Zukunft sprechen würden, würde ich Ihnen so viel wie möglich helfen, auch wenn diese arme Sohle nichts mehr übrig hat, also träumen Sie nicht einmal davon, im vergangenen Luxus zu leben. Aber wenn Sie mir Ihre Absichten mitteilen, werde ich versuchen, Ihnen zu helfen, auch wenn es nach und nach ist. Hast du verstanden? So sieht es für mich aus. Für das, was Sie am meisten lieben, was planen Sie zu tun?“

„Wenn du mich nicht in deinem Haus lässt, gehe ich arbeiten …“

"Sind Sie im Ernst? Weißt du nicht, dass heutzutage sogar die Absolventen der Kaiserlichen Universität ...?“

„Ich rede nicht von einem Bürojob.“

" Dann?"

„Ich möchte Malerin werden“, sagte ich mit voller Überzeugung.

"Wie?"

Ich werde nie den Ausdruck von Sohle vergessen, der mit zur Seite geneigtem Hals und einem schlauen Schatten auf seinem Gesicht lachte. Es schien Verachtung; aber nein, es war anders. In der Welt, wie im Meer, gab es Orte von immenser Tiefe, und dieser seltsame Schatten konnte vielleicht auf seinem Grund entdeckt werden. Und dieses Lachen zeigte mir bis auf den Grund das Tiefste der Existenz von Erwachsenen.

Er sagte mir, dass es keinen Sinn habe, darüber zu reden, dass meine Haltung überhaupt nicht fest sei und dass ich die Nacht damit verbracht habe, nachzudenken. Also flüchtete ich mich, als würden sie mich verfolgen, in mein Zimmer und legte mich hin, obwohl mir nicht einfiel, woran ich denken sollte. Im Morgengrauen verließ ich das Haus von Sohle.

„Ich werde unbedingt nachts zurückkehren. Ich gehe zum Haus eines Freundes, dessen Adresse ich angebe, um meine Pläne für die Zukunft zu besprechen. Bitte machen Sie sich überhaupt keine Sorgen“, schrieb ich in großen Bleistiftbuchstaben auf ein Blatt Papier. Also schrieb ich Masao Horikis Adresse in Asakusa auf und schlich davon.

Sohle gemartert worden wäre . Tatsächlich war meine Einstellung, wie er es ausdrückte, oberflächlich und ich hatte keine Ahnung, was ich von da an tun sollte. Außerdem tat es mir leid, ein Parasit in seinem Haus zu sein, und in dem unwahrscheinlichen Fall, dass er irgendeine Inspiration hatte, würde es an dem armen Sohle liegen, das Kapital bereitzustellen, um mein Leben wieder aufzubauen.

Als ich jedoch sein Zuhause verließ, hatte ich nicht die Absicht, mich mit Leuten wie Horiki über „meine Zukunftspläne“ zu beraten. Ich hatte es gesagt, um Sohle zu beruhigen. Ich habe den Zettel nicht geschrieben, um Zeit zu gewinnen, möglichst weit zu fliehen, als wäre es ein Kriminalroman - obwohl es ein bisschen davon gab -, sondern um Sohle keinen plötzlichen Schock zu bereiten, der ihn in einen Zustand versetzen würde von wildem

Alarm und Verwirrung. Natürlich war mir klar, dass die Wahrheit irgendwann ans Licht kommen würde, aber es war ein bedauerlicher Teil meines Charakters, das irgendwie zu verschönern. Dies hat dazu geführt, dass die Gesellschaft auf mich als Lügner herabblickt; Ich handelte jedoch nicht zu meinem eigenen Vorteil, sondern hatte Angst, die Umwelt zu verderben, und obwohl ich wusste, dass dies mich verletzen würde, konnte ich meine verzweifelte Neigung, Menschen zu gefallen, nicht kontrollieren. Dieses unzählige Male wiederholte Verhalten könnte als Symptom meiner Schwäche und Dummheit interpretiert werden, aber die „ehrlichen" Menschen in der Gesellschaft nutzten es beträchtlich aus. Aus diesem Grund tauchten Horikis Name und Adresse ganz unten in meinem Gedächtnis auf.

Nachdem ich das Haus von Sohle verlassen hatte, ging ich nach Shinjuku, verkaufte einige Bücher, die ich in meinen Taschen trug, und wie erwartet war ich mir nicht sicher, was ich tun sollte. Obwohl ich immer freundlich zu anderen war, habe ich nie das Gefühl von Freundschaft erlebt. Abgesehen von lustigen Gefährten wie Horiki habe ich nichts als bittere Erinnerungen an meine Beziehungen; und um sie loszuwerden, widmete ich mich mit ganzer Seele dem Spiel des Narren, was meine Kräfte verbrauchte. Wenn ich auf ein bekanntes oder ähnliches Gesicht treffe, erschrecke ich gewaltig und bekomme eine solche Panik, dass mir für einige Augenblicke total schwindelig wird. Ich weiß, dass die Leute mich mögen, aber ich bilde mir ein, dass mir die Fähigkeit fehlt, andere zu lieben. Obwohl ich mich bei den anderen frage, inwieweit sie dazu in der Lage sind. So überrascht es nicht, dass ich keine tiefe Freundschaft empfinden konnte; zu allem Überfluss hatte ich nicht einmal die Möglichkeit, ‚Besuche abzustatten'. Die Haustür eines fremden Hauses gab mir ein schlimmeres Gefühl als die Tore der Hölle; und es ist keine Übertreibung zu sagen, dass ich hinter dem Portal den Gestank eines schrecklichen Drachen vermutete. Ich hatte keine Freunde und konnte nirgendwo hingehen. Dann dachte ich an Horiki.

Was als Witz gesagt wurde, wurde wahr. Wie ich auf dieser Notiz geschrieben hatte, beschloss ich, Horiki in Asakusa zu besuchen. Ich war noch nie in seinem Haus gewesen, denn wann immer ich ihn sehen wollte, lud ich ihn per Telegramm zu mir ein. Aber in meinen jetzigen Verhältnissen waren selbst die Kosten für ein Telegramm hoch, und andererseits war ich mir nicht sicher, ob Horiki meinen Anruf annehmen würde. Obwohl ich ihn nicht besuchen konnte, nahm ich die Straßenbahn zwischen den Seufzern mit dem Bewusstsein, dass er meine letzte Hoffnung war, was mich so sehr erschreckte, dass ich ein kaltes Gefühl auf meinem Rücken hatte.

Horiki war zu Hause. Er lebte in einem zweistöckigen Haus in einer schmutzigen Gasse; Horikis Sechs-Tatami-Zimmer befand sich im Obergeschoss, während seine ältere Mutter und ein Handwerker, der hölzerne Sandalenriemen herstellte, im Erdgeschoss wohnten.

An diesem Tag zeigte mir Horiki eine neue Facette seines Lebens als Einwohner der Hauptstadt. Es war ein kalter und listiger Egoismus, der einen Provinzler wie mich erstaunt die Augen öffnen ließ. Er war kein einfacher, endlos passiver Typ wie ich.

„Was für eine Überraschung, dich zu sehen! Hat dein Vater dir schon vergeben? Noch nicht?"

Ich konnte ihm nicht sagen, dass ich geflohen war. Ich versuchte, es zu verbergen, wie es meine Gewohnheit war. Aber ich war mir sicher, dass Horiki bald herausfinden würde, was passiert war.

"Das wird behoben."

„Hey, darüber ist nicht zu lachen. Vertrauen Sie mir, Sie müssen sofort aufhören, Unsinn zu machen. Sie müssen mich entschuldigen, aber heute habe ich etwas zu erledigen. Ich war in letzter Zeit ziemlich beschäftigt."

"Belegt? Mit was?"

„Hey, hey, reiß nicht den Faden vom Kissen."

Während ich sprach, hatte ich unabsichtlich an einer der Schnüre herumgespielt, die jede Ecke des Kissens abschlossen, und so etwas daran gezogen. Ohne die geringste Verlegenheit und ohne mich anzustarren, zeigte Horiki gegenüber den Gegenständen in seinem Haus eine Besitzgier, die bis zu den Schnüren des Kissens reichte. Wenn ich später darüber nachdachte, hatte es Horiki keinen Cent gekostet, Spaß mit mir zu haben.

Seine betagte Mutter erschien mit zwei Untertassen Gelee auf einem Tablett.

„Hey, was schenkst du uns?“ sagte Horiki mit kindlicher Zuneigung, spielte die Rolle eines vorbildlichen Sohnes und sprach in einer Sprache, die so respektvoll war, dass es mir sehr seltsam vorkam. "Gelee? Wunderbar! Bitte, Sie hätten sich nicht die Mühe machen sollen. Ich gehe bald aus. Aber, nun ja, da dies die Marmelade ist, die Sie so gut machen, wäre es eine Schande, sie zu lassen.“ Dann drehte er sich in meine Richtung : „Komm schon, bedien dich. Meine Mutter hat es zubereitet. Wie lecker! Sie werden sehen, es ist ein Genuss!“

Er schien keine Komödie zu machen, als er es überglücklich mit dem größten Genuss aß. Ich habe es versucht, aber es war fad und als ich zu dem klebrigen Reiskuchen unten kam, war es kein Kuchen, sondern etwas, das ich nicht identifizieren konnte. Nicht dass ich ihre Armut verachtet hätte, ganz im Gegenteil. Das Gelee schien damals nicht so schlimm zu sein und ich war gerührt von der Freundlichkeit seiner Mutter. Obwohl ich Armut fürchtete, glaube ich nicht, dass ich jemals darauf herabgesehen habe.

Als ich die Freude sah, mit der Horiki seine Marmelade aß, erkannte ich die Genügsamkeit der Stadtmenschen und den enormen Unterschied zwischen ihrem Leben zu Hause und im Ausland. Ich für meinen Teil, wie ein Idiot auf der ständigen Flucht vor der menschlichen Gesellschaft, unterschied nicht zwischen den beiden, so dass es mir vorkam, als hätte sogar Horiki mich vernachlässigt. Als ich das Gelee mit abgebrochenen Lackstäbchen aß, überkam mich eine unerträgliche Traurigkeit.

„Tut mir leid, aber ich habe heute etwas zu erledigen“, sagte Horiki, stand auf und zog seine Jacke an. „Mit Ihrer Erlaubnis gehe ich.“

Dann kam eine Besucherin, und das veränderte mein Schicksal völlig. Horiki wirkte plötzlich sehr lebhaft.

»Ich wollte Sie besuchen, aber dieser Bursche kam unangemeldet. Nein, nein, es stört Sie überhaupt nicht ... Kommen Sie bitte herein.“

Er beeilte sich, ihr mein Kissen anzubieten, und als ich es übergab, drehte ich es um; aber er drehte es wieder um, bevor er es der Frau anbot. Außer Horikis Kissen gab es nur noch eines für Besucher im Raum.

Die Frau war schlank und groß. Sie legte das Kissen beiseite und setzte sich auf ihre Fersen in die Ecke neben dem Eingang. Ich blieb geistesabwesend und hörte dem Gespräch zwischen ihnen zu. Offenbar war sie Mitarbeiterin einer Zeitschrift und kam, um eine von ihr in Auftrag gegebene Illustration abzuholen.

„Wir haben es gerade etwas eilig …“

"Es ist fertig. Ich habe es mit der Zeit beendet. Hier ist es."

Dann kam ein Telegramm. Als er es las, verschwand die gute Laune auf Horikis Gesicht.

„Hey, kannst du sagen, was passiert ist? Sagen Sie mir!"

Es war ein Telegramm von Sohle.

„Nun, du solltest sofort zurück sein. Ich müsste dich selbst nach Hause bringen, aber ich habe keine Zeit. Wie kannst du so ruhig sein, nachdem du von zu Hause weggelaufen bist?“

"Wo lebst du?" Die Frau hat mich gefragt.

„In Okubo“, antwortete ich spontan.

„Dann ist es in der Nähe meines Büros.“

Die Frau wurde in Koshu geboren und war 28 Jahre alt. Sie war seit drei Jahren Witwe und lebte mit ihrer fünfjährigen Tochter in einer Wohnung in Koenji.

„Du scheinst eine sehr harte Kindheit gehabt zu haben. Ich habe es sofort gemerkt, das arme Ding!“

Von diesem Tag an wurde ich ein Mann, der von einer Frau lebte. Wenn Shizuko – so hieß die Journalistin – zur Arbeit ins Shinjuku-Büro ihres Magazins ging, blieben ihre fünfjährige Tochter und ich demütig zu Hause. Bis zu meiner Ankunft hatte Shigeko im Haus des Wohnungsverwalters gespielt, also war sie sehr glücklich, die Gesellschaft eines „Onkels“ zu haben.

Ich verbrachte eine Woche in dieser Lebensweise versunken. Durch das Fenster konnte man einen Drachen sehen, der sich zwischen den elektrischen Kabeln verfing, vom staubigen Frühlingswind gepeitscht und zerrissen wurde; und doch schien es sich an die Kabel zu klammern und wie in bestätigenden Bewegungen um sich zu schlagen. Jedes Mal, wenn ich es sah, konnte ich mir ein bitteres Lächeln nicht verkneifen. Es verfolgte mich sogar in Träumen.

"Ich will Geld…"

"Wie viel?"

"Viel…. Wenn sie sagen, dass das Ende des Geldes das Ende der Liebe ist, haben sie absolut recht.“

"Was für ein Unsinn! Wie kommst du auf diese altmodischen Sprichwörter ...?“

"Oh ja? Du verstehst nicht. Wenn ich so weitermache, werde ich am Ende vielleicht gehen.“

"Wirklich? Wer ist Ihrer Meinung nach am bedürftigsten? Und wer wird gehen? Hör auf rumzualbern ..."

„Ich möchte meinen Lebensunterhalt verdienen und etwas haben, womit ich Sake und Tabak kaufen kann. Nur damit du es weißt, ich halte mich für begabter im Zeichnen als dieser Horiki.“

Dann erinnerte ich mich an meine Selbstporträts während der High School, die Takeichi „Geister“ nannte. Für immer verlorene Meisterwerke. Sie waren in einigen meiner Transfers verschwunden, aber ich hatte die Idee, dass das Gemälde waren, die es wert waren. Dann habe ich viele andere gemacht, aber ich hatte immer das Gefühl, dass sie sehr, sehr unten waren und meine Seele immer wieder leer ließen.

Das nicht getrunkene Glas Absinth .

Dieses Gefühl des Verlustes, das mich nie verlassen würde, nahm allmählich Gestalt an. Jedes Mal, wenn ich über Malerei sprach, kam dieses nicht getrunkene Glas Absinth in mein Blickfeld. Wie gerne würde ich ihnen diese Bilder zeigen! Mich quälte der frustrierende Gedanke: Wenn ich ihnen nur diese Gemälde zeigen könnte, würden sie an meine künstlerischen Talente glauben.

„ Wirklich ! Wenn du so ernsthaft Witze machst, bist du der Lustigste."

Natürlich war es kein Scherz. Es war die Wahrheit. Wenn ich Ihnen doch nur meine Bilder zeigen könnte. Aber ich resignierte und änderte meine Meinung und sagte:

„Ich meine Comicstrips. Ich bin mir sicher, dass ich darin zumindest besser bin als Horiki."

Diese clownesken Worte der Täuschung wurden ernster genommen als die Wahrheit.

"Es ist wahr. Ich war beeindruckt, die Comics zu sehen, die Sie immer für Shigeko zeichnen; sie brachten mich sogar zum lachen. Wie wäre es, wenn du es versuchst? Ich kann es dem Chefredakteur meiner Zeitschrift vorschlagen."

Ihre Firma gab auch eine nicht sehr bekannte monatliche Kinderzeitschrift heraus.

„Schon beim Anblick von dir verspürt jede Frau den unbändigen Wunsch, etwas für dich zu tun … Auch wenn du immer so schüchtern bist, du so lustig bist … Auch wenn du manchmal so einsam und deprimiert wirkst, gewinnst du doch Frauenherzen noch mehr ... Shizuko schmeichelte mir mit diesen und anderen Kommentaren, die ich, wie es sich für einen gepflegten Mann gehört, kleinlaut hinnahm."

Als ich über meine Situation nachdachte, versank ich umso tiefer in meiner Depression, und ich verlor all meine Energie . Es ging mir immer wieder durch den Kopf, dass ich mehr Geld brauchte als eine Frau . Ich wollte vor Shizuko davonlaufen und meinen Lebensunterhalt verdienen. Aber je mehr ich darüber nachdachte, desto abhängiger wurde ich von ihr. Diese starke Frau aus der Shinshu-Region kümmerte sich um alles, angefangen mit dem Papierkram, um meine Flucht von zu Hause zu lösen, was dazu führte, dass ich eine noch schüchternere Haltung annahm.

Dank Shizukos Bemühungen wurde ein Treffen zwischen ihr, Sohle und Horiki organisiert, bei dem entschieden wurde, dass die Beziehungen zu meiner Familie abgebrochen werden sollten und ich mit Shizuko als Mann und Frau leben sollte . Auch wegen ihres Eingreifens fingen meine Comics an, mehr Geld zu produzieren, als ich hätte erwarten können; Endlich konnte ich meinen Sake und Tabak kaufen, aber ich fühlte mich immer hilfloser und einsamer. Ich fühlte, wie ich auf den Grund sank: Als ich den seriellen Comicstrip „Die Abenteuer von Kinta und Ota“ zeichnete, dachte ich plötzlich an meine Heimatstadt und war so traurig, dass sich mein Stift nicht bewegte und mit gesenktem Kopf ich konnte die Tränen nicht zurückhalten.

Bei diesen Gelegenheiten war die einzige kleine Erleichterung die kleine Shigeko . Zu diesem

Zeitpunkt nannte sie mich „Daddy“, als wäre es die natürlichste Sache der Welt.

„Papa, stimmt es, dass Gott mir gewährt, worum ich bitte, wenn ich bete?“

Dann fiel mir ein, dass ich ein solches Gebet sagen könnte: „Herr, gib mir einen kalten Willen. Lass mich, o Herr, die Natur des »Menschen« erkennen. Menschen bedrängen Menschen, und es ist keine Sünde. Verleih mir, o Herr, die Gabe, eine Maske aus Zorn zu tragen.“

"Ja. Gott wird Shigechan sicherlich alles gewähren, was sie will, aber Daddy vielleicht nicht.“

Sogar Gott machte mir Angst. Ich konnte nicht an Seine Liebe glauben, nur an Seine Bestrafung. Glaube … Mir schien, dass dies darauf hinauslief, vor Gericht zu stehen, bereit, die göttliche Strafe entgegenzunehmen. Ich glaubte an die Hölle, aber es fiel mir schwer, an den Himmel zu glauben.

"Warum du nicht?"

„Weil ich meinen Eltern nicht gehorcht habe.“

„Aber alle sagen, dass Papa ein sehr guter Mensch ist …“

Das ist, weil ich sie betrogen habe. Es stimmte, dass alle Leute in diesem kleinen Apartmenthaus nett zu mir waren, aber ich konnte Shigeko nicht erklären, wie sehr ich sie alle fürchtete , oder dass sie sie und ihre Freundlichkeit umso mehr mochten, je mehr ich sie fürchtete verstärkte nur meine Angst. Das hat mich dazu gebracht, vor allen zu fliehen.

„Sag mir, Shigechan, was möchtest du, dass Gott dir gewährt?“ fragte ich beiläufig.

„ Ich hätte gerne meinen richtigen Daddy zurück .“

Mein Herz setzte einen Schlag aus und mir wurde schwindelig. Ein Feind … War ich Shigekos Feind oder war sie meiner? Wenn überhaupt, hatte ich hier einen anderen Erwachsenen, der mich einschüchtern würde . Ein Fremder, ein unbegreiflicher Fremder, ein Fremder voller Geheimnisse … Plötzlich erschien mir Shigekos Gesicht so.

Ich hatte mich selbst getäuscht zu denken, dass Shigeko anders war, aber nein. Auch sie war wie die Kuh, die plötzlich mit dem Schwanz zuschlägt, um eine Bremse zu töten. Dann wusste ich, dass ich von diesem Moment an auch bei diesem Mädchen schüchtern sein sollte.

"Hallo! Ist der **Satyr** [1] zu Hause?“

Es war Horiki, die beschlossen hatte, mich wieder bei mir zu besuchen. Obwohl dies der Mann war, der mich an dem Tag, an dem ich von zu Hause weggelaufen war, so unglücklich gemacht hatte, konnte ich ihm nicht widerstehen.

---

[1] In der klassischen Mythologie waren *Satyrn* Gefährten von Pan, einem Fruchtbarkeitsgott, und Dionysos, dem Gott des Weins und der Ekstase. Wie Sie sich vorstellen können, waren *Satyrn* nicht für ihre sanftmütige Art bekannt: Wie ihre Gönner liebten sie Frauen, Getränke und Gesang übermäßig. (Quelle: vocabulary.com/dictionary/satyr)

Ich begrüßte ihn mit einem schwachen Lächeln auf meinem Gesicht.

„Ich habe gesehen, dass Ihre Comics sehr beliebt geworden sind, nicht wahr? Gegen die Amateure ist nichts zu unternehmen; Sie sind so tollkühn, dass sie vor nichts Angst haben. Aber vertraue dir nicht. Deine Zeichnungen sind noch nicht viel wert."

Er hatte die Kühnheit, mit mir im Ton eines Lehrers zu sprechen. Ich dachte an das Gesicht, das er machen würde, wenn ich ihm meine „Geisterbilder" zeigen würde.

„Sag das nicht, du wirst mich zum Weinen bringen ", erwiderte ich und drehte mich, wie es meine Gewohnheit war, ins Leere.

Horiki sah noch zufriedener aus. „Wenn du nicht mehr Talent hast, als nur weiterzukommen, wirst du früher oder später entlarvt."

Das Talent zum Weiterkommen! Ich konnte nicht anders, als ein bitteres Lächeln zu zeigen. Stellen Sie sich vor zu sagen, dass ich hatte Genug Talent, um weiterzumachen! Mir kam der Gedanke, dass ein Mensch wie ich , der Menschen fürchtet , sie meidet und betrügt, oberflächlich betrachtet wie ein anderer Mensch sein könnte, der an Sprichwörter wie „Lasst schlafende Hunde lügen " glaubt. Könnte es sein, dass Menschen nichts voneinander verstehen , dass diejenigen , die sich für enge Freunde halten, sich in Bezug auf ihren Mitmenschen völlig irren und, nachdem sie ein Leben lang die Wahrheit nicht erkannt haben, weinen, wenn sie in der Zeitung von seinem Tod lesen? ?

Horiki, das musste ich zugeben, trug dazu bei, die ganze Angelegenheit meiner Flucht zu lösen, wenn auch nur auf eine schlechte Art und weil Shizuko ihn beharrlich darum bat; und jetzt tat er so, als wäre er der große Wohltäter, dem ich meine Rehabilitierung verdankte, oder wie der Vermittler einer Romanze . Von Zeit zu Zeit belehrte er mich mit ernster Miene. Manchmal tauchte er mitten in der Nacht völlig betrunken auf und blieb über Nacht, und manchmal kam er, um sich fünf Yen von mir zu leihen. Immer genau diese Menge.

„Du musst aufhören, dich mit Frauen zu amüsieren; die Gesellschaft wird es nicht zulassen …“, riet er mir. Und was zum Teufel war diese „Gesellschaft“? Vielleicht der Plural von „Menschen“? Was war die Essenz dessen, was „Gesellschaft“ genannt wurde? Ich hatte in dieser Gesellschaft gelebt, die ich immer für mächtig, streng und furchterregend gehalten hatte, aber als ich Horikis Worte hörte, lag mir die Frage auf der Zunge: „Mit Gesellschaft, meinst du dich selbst?“. Ich wollte ihn jedoch nicht wütend machen, also schwieg ich.

Die Gesellschaft wird es nicht zulassen.

Aber es ist nicht die Gesellschaft, wirst du es nicht sein?

Wenn Sie sich so verhalten, wird die Gesellschaft Sie bestrafen.

Aber es wird nicht die Gesellschaft sein, sondern du, oder?

Die Gesellschaft wird dich in Vergessenheit begraben.

Nicht die Gesellschaft, du wirst es tun.

Gedanken wie „Erkenne deine eigene Gemeinheit, List und schlechte Kunst!“ Kam mir in den Sinn, aber ich wischte mir nur mit einem Taschentuch den Schweiß aus dem Gesicht und sagte lächelnd:

„Schau mal, du hast mich ins Schwitzen gebracht! !”

Von da an war ich davon überzeugt, dass die sogenannte Gesellschaft nichts als ein Individuum ist. Und mit dieser Idee konnte ich mich mehr nach meinem eigenen Willen verhalten. Laut Shizuko wurde ich etwas launisch und verlor meine Schüchternheit; Horiki fühlte, dass ich von einem seltsamen Geiz besessen war; und Shigeko hatte den Eindruck, dass ich sie nicht mehr so liebevoll behandelte wie zuvor.

Schweigend und ohne ein Lächeln verbrachte ich meine Tage damit, mich um Shigeko zu kümmern und Comicstrips , die ich selbst nicht verstand, für die schäbigen Zeitschriften zu zeichnen, die sie in Auftrag gegeben hatten. Zusätzlich zu Shizukos Zeitschrift hatten mich andere um einen Job gebeten. Sie waren sogar noch schlimmer als die von Shizuko.

Ich zeichnete mit einem düsteren Geist, übermäßig gedrückten Emotionen und sehr langsam, nur um Geld für Alkohol zu verdienen . Wenn Shizuko von der Arbeit zurückkam, um meine Betreuung des Mädchens zu übernehmen, rannte ich zum Bahnhof Koenji, wo es ein paar Bars gab, in denen billige starke Getränke serviert wurden.

Nach einer Weile, schon lebhafter, kehrte ich in die Wohnung zurück.

„Je länger ich dich ansehe, desto komischer erscheint mir dein Gesicht“, sagte ich. "Weißt du was? Ich lasse mich für meine Cartoons inspirieren, wenn ich dir im Schlaf ins Gesicht schaue .“

„Schau mal, dein Gesicht sieht sehr alt aus, wenn du schläfst. Du siehst mindestens vierzig Jahre alt aus.“

"Es ist deine Schuld. Du hast meine Vitalität absorbiert. Der Mensch ist wie ein Wasserstrahl. Warum die Mühe? Eine Weide am Fluss ...“

„Hör auf so einen Krach zu machen und geh schnell ins Bett . Würden Sie gerne zu Abend zu essen?" Sagte sie so ruhig, ohne mich ernst zu nehmen.

„Wenn noch Sake übrig ist, trinke ich ihn gerne. „Der Mensch ist wie ein Wasserstrom ... Der Menschenstrom ...“ nein, nein! ... Ich meine ' Wasser läuft, Leben läuft ...'.“

Während ich summte, hatte Shizuko mich ausgezogen und ich schlief mit meinem Kopf auf ihrer Brust ein. Jeder Tag endete gleich.

*. . . et puis on recommence encore le lendemain
avec Settlement la meme regie que la veilleet qui est d'eviter
les grandes joies barbaresde meme que les grandes
douleurscomme un crapaud contorne une pierre sur son
chemin. . . .*

Als ich zum ersten Mal die Übersetzung dieses Gedichts von Guy-Charles Cros las, errötete ich heftig, obwohl ich allein war, bis mein Gesicht brannte.

Die Kröte.

(Das war ich, eine Kröte. Es war keine Frage, ob die Gesellschaft mich akzeptierte oder nicht, ob ich mich in Vergessenheit vergrub oder nicht. Ich war ein Tier, das einem Hund oder einer Katze unterlegen war. Eine Kröte. Ich bewegte mich nur langsam.)

Ich trank immer mehr. Ich war nicht mehr auf die Nähe des Bahnhofs Koenji beschränkt, sondern ging nach Shinjuku oder Ginza. Manchmal verbrachte ich die Nacht draußen. Übrigens würde ich alles Unkonventionelle tun, Kellnerinnen wahllos küssen und viel wilder trinken als vor dem Selbstmordversuch. Da ich mehr Geld brauchte, als ich verdiente, widmete ich mich dem Verpfänden von Shizukos Kimonos.

Ein Jahr war vergangen, seit ich zum ersten Mal in ihre Wohnung kam und traurig lächelte, als ich sah, dass sich der kaputte Drachen zwischen den Kabeln verfing. Die Kirschblüten standen kurz vor der Blüte, als ich Shizukos

Kimonoschärpen und Unterwäsche zum Pfandhaus brachte. Mit dem Geld, das sie mir gaben, ging ich direkt nach Ginza und verbrachte zwei Nächte hintereinander weg von zu Hause . Am Abend des dritten Tages empfand ich ein gewisses Bedauern, kehrte in die Wohnung zurück und schlich mich hinein. Als ich Shizukos Schlafzimmertür erreichte, hörte ich Mutter und Tochter reden.

„Warum trinkt er Sake?"

„Daddy trinkt nicht, weil er es mag. Er tut es, weil er zu gut ist, weil ..."

„Also trinken alle guten Leute?"

„Nicht unbedingt, aber ..."

„Ich bin sicher, Dad wird überrascht sein ."

„Aber vielleicht gefällt es ihm nicht. Komm schon, es ist aus der Kiste entkommen!"

„Er sieht genauso aus wie der lustige Mann in den Comics, die er zeichnet . "

„Es ist wahr, nicht wahr?" Ich hörte Shizuko leise lachen, ihr leises Lachen klang wirklich glücklich.

Ich öffnete leise die Tür und sah nach: Da hüpfte ein weißes Kaninchen durch den Raum, und sie jagten es beide.

Sie waren beide glücklich. Ich war ein Idiot gewesen, mich zwischen Mutter und Tochter zu stellen . Ich könnte ihnen Ärger bereiten, wenn ich nicht aufpasse . Was für ein bescheidenes Glück! Eine gute Mutter und ein gutes Kind ... Mein Gott, dachte ich, wenn du das Gebet von jemandem wie mir hören kannst, gib mir Glück, auch nur einmal in meinem Leben. Ich verspürte den Drang, auf die Knie zu gehen und meine Hände zusammenzulegen. Ich schloss die Tür sorgfältig und ging zurück nach Ginza, um nie wieder in dieses Haus zurückzukehren.

Meine zweite Erfahrung als gefangener Mann fand im obersten Stockwerk einer Bar in der Nähe des Kyobashi-Bahnhofs statt, wo ich herumlungerte.

Gesellschaft. Zu diesem Zeitpunkt begann sogar ich eine ungefähre Vorstellung davon zu haben, worum es ging. Mit anderen Worten, es ist ein Kampf zwischen Individuen. Und ein Kampf, bei dem das Gewinnen alles bedeutet. *Menschen gehorchen Menschen nicht.* Sogar die Sklaven führen ihre kleinen Racheakte an sich selbst aus. Menschen können nicht über die Rivalität zwischen Gewinnen und Verlieren hinausgehen. Obwohl sie ihre Bemühungen mit bombastischen Namen versehen, ist ihr Ziel am Ende ausschließlich individuell und wenn es einmal erreicht ist, bleibt wieder nur das Individuum übrig. Die Unbegreiflichkeit der Gesellschaft ist die des Individuums. Und der Ozean ist nicht die Gesellschaft, sondern die Individuen, die ihn ausmachen. Und ich, der ich in Angst vor dem Ozean namens „Gesellschaft“ lebte, schaffte es, mich von dieser Angst zu befreien. Ich lernte, schamlos zu handeln, meine endlosen Sorgen zu vergessen und auf unmittelbare Bedürfnisse zu reagieren.

„Ich habe mich verabschiedet“, sagte ich nur zur Barfrau in Kyobashi . Aber das war genug. Ich hatte den Gewinner und den Verlierer entschieden. Von dieser Nacht an ließ ich mich kompromisslos im ersten Stock über der Bar nieder. Außerdem hat mir die Gesellschaft, die mich bestrafen sollte, nicht den geringsten Schaden zugefügt und ich habe natürlich keine Erklärung geliefert. Da die Vermieterin keine Unannehmlichkeiten machte, war alles in Ordnung.

An der Bar behandelten sie mich wie einen Kunden, den Besitzer, den Laufburschen oder einen Verwandten der Wirtin; in Wahrheit muss es den Eindruck einer rätselhaften Existenz erweckt haben, aber die „Gesellschaft“ schien nichts Verdächtiges an mir zu finden. Außerdem nannten mich die Stammkunden mit schmerzhafter Freundlichkeit bei meinem Vornamen „Yozo“ und luden mich auf einen Drink ein.

Nach und nach ließ ich meine vorsichtige Haltung gegenüber der Welt hinter mir. Ich überzeugte mich sogar, dass es kein so schrecklicher Ort war. Meine Panikgefühle waren geprägt von der unheiligen Angst, die in mir durch „wissenschaftlichen Aberglauben“ geweckt wurde, wie die Hunderttausende von Mikroben, die ein Husten verbreitet, diejenigen, die die Augen in öffentlichen Toiletten bedrohen oder diejenigen, die Friseursalons infizieren und Kahlköpfigkeit verursachen, die Krätze Schwärme auf den Gurten von Straßenbahnen, vielleicht die Insektenlarven oder Bandwurmeier, die sich in rohem Fisch und halbgarem Fleisch verstecken; oder barfuß zu gehen, auf die Gefahr hin, auf Glas zu treten und den Splitter durch meinen Körper zirkulieren zu lassen, bis er mein Auge erreicht und mich blind macht. Natürlich hielt ich es für wahr, dass überall Hunderttausende von Bakterien schwammen und schwammen. Aber gleichzeitig wurde mir klar, dass jede Beziehung zu ihnen zerbrechen würde, wenn ich sie ignorierte, und sie dann für mich nichts weiter als „wissenschaftliche Geister" wären. Auch dies wurde mir klar, dass sie mich mit den Statistiken so sehr erschreckten (wenn ich drei Reiskörner in meiner Brotdose lassen würde und zehn Millionen Menschen jeden Tag dasselbe tun würden, wie viele Säcke Reis würden verschwendet werden; und auch das wenn diese zehn Millionen Menschen jeden Tag ein Papiertaschentuch weniger verbrauchen würden , wie viel Zellstoff würde eingespart werden? Ich war voller Angst, als hätte ich ein schreckliches Verbrechen begangen. Aber all dies waren Lügen der Wissenschaft, Lügen der Statistik und Mathematik: Es ist nicht möglich, von jedem drei Reiskörner einzusammeln . Im Falle von Multiplikationen und Divisionen, die sehr einfache Aufgaben sind, widmen sie sich der Berechnung der Wahrscheinlichkeiten, dass jemand ohne Licht die Toilette betritt, über die Toilette stolpert und hinfällt, oder dass ein Fahrgast einen Fuß in den Zwischenraum der U-Bahn setzt Auto und die Plattform, unter anderem Unsinn. Natürlich kann alles passieren, aber ich habe noch nie von jemandem gehört, der sich verletzt hat, weil er auf die Toilettenschüssel getreten ist. Es tat mir leid, mich daran zu erinnern, dass ich sie bis vor kurzem, als mir diese „wissenschaftlichen Fakten“ beigebracht wurden, blind glaubte und sie mir Angst machten.

Ich wollte lachen, wenn ich nur daran dachte, wie ich allmählich lernte, worum es in der Welt geht.

Trotz allem erfüllten mich die Menschen mit Angst; und ich konnte die Bargäste nicht treffen, ohne ein Glas Sake getrunken zu haben. Ich hatte Angst und bin trotzdem zur Bar gegangen, wie ein Kind, das ein bisschen Angst vor seinem Haustier hat und es deshalb fester in den Händen hält. Unter dem Einfluss von Alkohol habe ich mich daran gewöhnt, Kunden mit plumpen Theorien über Kunst zu überhäufen.

Ein anonymer Karikaturist, der weder große Freuden noch große Sorgen kannte. Ich wollte, dass ein ungeheures Glück zu mir kommt, auch wenn später das tiefste Unglück folgte; Aber dann war mein einziges Vergnügen, mit den Kunden über Kleinigkeiten zu plaudern und ihren Sake zu trinken.

Ich war nun seit einem Jahr in diesem vergeblichen Leben in Kyobashi. Meine Comics beschränkten sich nicht mehr nur auf Kinderzeitschriften, sondern erschienen auch in billigen, pornografischen Zeitschriften , die an Bahnhofskiosken verkauft wurden. Unter dem absurden Pseudonym **Ikita Joshi**[1] zeichnete ich anzügliche Akte, denen ich Verse aus dem **Rubaiyat**[2] hinzufügte.

Des Lebens Karawane zieht mit Macht
Dahin und jeder Tag, den du verbracht
Ohne Genuss, ist ewiger Verlust. –
Schenk ein, Saki! Es schwindet schon die Nacht.
Mit Weltschmerz deine Seele plage nicht!
Um das, was einmal hin ist, klage nicht!
An Wein und süßen Lippen lab dein Herz,
Und in den Wind dein Leben schlage nicht!
Dies Spiegelbild der Welt ist leerer Schein,
Kein Weiser hält es für das wahre Sein.
Sei guter Dinge, trink der Traube Saft,
Er wird von diesem Trugbild dich befrein.
Wie – ungefragt hierher von wo geschafft,
Und ungefragt wohin von hier entrafft?
Ach schenk den Wein, den unerlaubten Wein,
Der diesem schnöden Hohn Vergessen schafft!
Was predigst du vom Fasten und vom Beten?
Statt zur Moschee lass uns ins Weinhaus treten,
Füll Krug und Becher, eh sie deinen Staub,
Mein Freund, zu Krügen und zu Bechern kneten.
Der Welt Geheimnis wirst du nicht ergünden,
Das Wort, das keiner fand, wirst du nicht finden.

---

[1] In einem Wortspiel mit zwei Kombinationen von Ideogrammen derselben Aussprache könnte der Name auch "derjenige bedeuten, der einen Selbstmordpakt überlebt hat".
[2] Gedichtsammlung von Omar Khayyam, einem persischen Dichter des 12. Jahrhunderts, geprägt von Gedankenfreiheit, Nihilismus, Götterverachtung und Trinklust.

Schaff dir mit Wein ein Erdenparadies!
Ob's dort ein Paradies gibt, wird sich finden.
O Herr! von Selbstgefälligkeit erlöse mich!
Lenk mich zu Dir, und von mir selbst erlöse mich!
Solang ich nüchtern bin, kenn Gut' und Böses ich,
Vergessen lass im Rausch Du Gut' und Böse mich.
Ein Stündlein Rast, das uns zur Quelle bringt,
Wo aus dem Sande süßes Dasein dringt …
Schon langt die Geisterkarawane an
Im Nichts, von dem sie aufbrach – Trinkt! O trinkt!
Denn maß ich auch mit Messstab Sein und Schein,
Und klügelte in Hoch und Tief mich ein:
Bei alledem, was zu ergründen lohnt,
Tief war ich stets in einem nur – im Wein!
Und ob zur Liebe sich das Licht entfacht,
Ob mich's als Rachestrahl zunichte macht –
Ich weiß, ein Schimmer nur im Schenkendunst
Erhascht ist mehr als aller Tempel – Nacht!
Die SCHRIFT, sagt ihr, gemahnt ein Nein,
Ächtet die Lust, verbietet den Wein –
Wo bleiben da Sinn und Verstand?
Komm, Mustafa, wir beide – wollen anders sein!

Allerdings bestand damals ein Dienstmädchen darauf, dass ich mit dem Trinken aufhöre. „Es kann nicht sein, dass du so jeden Tag von morgens bis abends trinkst", sagte sie.

Sie war ein Mädchen von etwa siebzehn oder achtzehn Jahren, das in einem kleinen Tabakladen gegenüber der Bar arbeitete. Yoshiko – so hieß sie – war blass und hatte schiefe Zähne . Jedes Mal, wenn ich Tabak kaufen ging, lächelte sie mich an und wiederholte den Rat.

„Was ist falsch am Trinken? Baby, 'Besser fröhlich sein mit der fruchtbaren Traube als traurig nach keiner oder bitteren Frucht.' Vor vielen Jahren gab es einen persischen Dichter ... Nun, überspringen wir es. 'Oh, geplagt nicht mehr mit Menschlichem oder Göttlichem, Das Gewirr von morgen gibt sich selbst auf: Und verliere deine Finger in den Locken des zypressenschlanken Weinministers.' Verstehst du?"

"Ich habe nichts verstanden."

„Was für ein dummes kleines Mädchen! Ich werde dich küssen."

„Mach weiter", sagte sie nicht im Geringsten wütend und streckte ihre Unterlippe vor.

"Du dummer Narr und deine keuschen Ideen..."

Aber etwas an Yoshikos Gesichtsausdruck deutete darauf hin, dass sie eine Jungfrau war, jedoch von niemandem befleckt.

In einer furchtbar kalten Nacht kurz nach Silvester ging ich ziemlich betrunken Tabak kaufen und fiel direkt vor der Trafik in einen Abfluss. „Yoshiko, hilf mir!" Ich schrie. Sie holte mich da raus und verband meinen verletzten rechten Arm .

„Du trinkst zu viel", sagte sie mit Gefühl und ohne zu lächeln.

Es macht mir nichts aus zu sterben, aber ich möchte nicht einmal darüber nachdenken, wie es sein könnte, behindert zu sein. Als ich sah, wie Yoshiko meine Hand verband , kam mir der

Gedanke, dass ich mit dem Trinken aufhören könnte.

„ Ich gebe es auf. Ab morgen werde ich keinen Tropfen mehr kosten.“

"Wirklich! Meinst du das ?"

„Ja, ich habe gekündigt. Aber wenn ich es aufgebe, wirst du mich dann heiraten, Yoshiko?“ Ich sagte zwar, sie zu meiner Frau zu machen , sei aber nur als Scherz gedacht .

„ Natch .“

Natch für „ natürlich“ war damals eine der häufigen Abkürzungen, die bei jungen Leuten in Mode waren .

"Sehr gut. Wir werden die Pinkies binden, um es zu versprechen. Ich verspreche, ich werde es aufgeben .“

Am nächsten Tag, mittags, trank ich bereits. Als ich abends unsicher hinausging, blieb ich vor dem Tabakladen stehen.

„Entschuldigung, Yoshiko. Ich habe getrunken."

"Kann nicht sein! Sie müssen vorgeben, betrunken zu sein“, sagte sie

Ich war erschrocken. Ich fühlte mich plötzlich ganz nüchtern.

„Nein, ich verstelle mich überhaupt nicht. Ich habe wirklich getrunken.“

"Mache keine Witze über mich. Schau, wie gemein du bist!“ sagte sie, ohne etwas zu ahnen.

"Es ist offensichtlich. Ich trinke seit Mittag. Verzeihen Sie mir."

„Du bist ein guter Comedy-Schauspieler “

„Ich spiele nicht, du kleiner Idiot . Wie dumm bist du! Ich werde dich küssen.“

"Voaus."

„Nein, ich habe kein Recht. Ich fürchte, ich muss die Idee, dich zu heiraten , aus meinem Kopf verbannen. Schau mir ins Gesicht. Rot, nicht wahr? Das liegt daran, dass ich getrunken habe.“

„Du siehst rot aus im Abendlicht. Versuchen Sie nicht, mich zu betrügen. Haben wir uns gestern nicht versprochen? Du würdest kein Versprechen brechen, oder ? Wir verflechten Pinkies. Sagen Sie mir deshalb nicht, dass Sie getrunken haben. Es ist eine Lüge – ich weiß, dass es eine ist.“

Yoshikos blasses Gesicht, das in dem schwach beleuchteten Laden saß, erschien mir ehrwürdig wie das einer Jungfrau. Bis dahin hatte ich noch nie mit einer jüngeren Frau geschlafen, die auch noch Jungfrau war. Ich wollte sie heiraten, ein ungeheures Glück erfahren, auch wenn es danach enormes Leid gab. Ich hatte gedacht, die Schönheit der Jungfräulichkeit sei nichts weiter als süße, sentimentale Illusionen von Dichtern, aber die Wahrheit ist, dass sie in dieser Welt existierte. Wir würden heiraten und im Frühling mit dem Rad hinausfahren, um die Wasserfälle zwischen den neuen Blättern zu sehen. Ich entschied mich auf der Stelle, es ging um Sieg oder Niederlage, diese Blume zu stehlen.

Nach einer Weile haben wir geheiratet. Wir haben dieses immense Glück nicht erlebt, aber das darauffolgende Leiden war schrecklich, da es unvorstellbare Extreme erreichte, die selbst die Beschreibung als „schrecklich“ nicht ganz abdecken würde. Die „Welt“ war schließlich für mich weiterhin ein Ort unergründlichen Schreckens. Es war kein einfacher Ort, an dem alles nur zwischen Sieg und Niederlage entschieden wurde.

Drittes Notizbuch

Zweiter Teil

Horiki und ich. Wir verbanden uns, indem wir einander verachteten und immer trivialer wurden; Wenn die Welt das „Freundschaft" nennt , dann besteht kein Zweifel daran, dass wir Freunde waren.

Ich für meinen Teil klammerte mich an die Großmut der Barfrau in Kyobashi . Es scheint ein bisschen seltsam, bei einer Frau von Großmut zu sprechen, aber meiner Erfahrung nach, zumindest in Tokio, besitzen Frauen diese Eigenschaft in viel größerem Maße als Männer. Männer sind im Allgemeinen gemein und haben Angst vor Äußerlichkeiten.

Als es an der Zeit war, das Mädchen aus dem Tabakladen zu heiraten , konnte ich dank des Besitzers der Bar ein Zimmer in einem zweistöckigen Wohnhaus aus Holz in Tsukiji in der Nähe des Sumida-Flusses mieten. Ich gab das Trinken komplett auf und widmete mich meinem Job, Comics zu zeichnen. Nach dem Abendessen gingen wir beide ins Kino und tranken dann in einer Cafeteria etwas oder kauften einen Blumentopf. Aber noch mehr mochte ich es, ihr zuzuhören oder das Verhalten dieser jungen Frau zu beobachten, die mir voll und ganz vertraute. Mein Herz erwärmte sich bei dem süßen Gedanken, dass ich vielleicht nach und nach ein normaler Mensch werden würde und nicht auf tragische Weise sterben müsste. Dann tauchte Horiki wieder auf.

Er begrüßte mich: „Hallo, Verführer! Was ist dieser Ausdruck von Vorsicht? Ich bin gekommen, um Euch eine Nachricht von der Herrin von Koenji zu überbringen. “ Seine Stimme wurde plötzlich leiser und er nickte Yoshiko zu, die in der Küche Tee kochte, als würde sie fragen: ‚Ist es in Ordnung, weiterzumachen ?'

"Mach dir keine Sorgen. Du kannst mir alles vor ihr sagen “, sagte ich ruhig.

Tatsächlich könnte man sagen, dass Yoshiko ein Vertrauensgenie ist. Obwohl ich ihr von dem Schwindel in Kyobashis Bar und von dem, was in Kamakura mit Tsuneko passiert war, erzählte, maß sie dem keine große Bedeutung bei. Das lag nicht daran, dass ich ein cleverer Lügner war, manchmal sprach ich ziemlich unverblümt , aber es schien, dass sie es für einen Witz hielt.

„Wie immer scheinst du ziemlich selbstsicher zu sein . Wie auch immer, es ist nichts Wichtiges. Sie hat mich nur gebeten, Ihnen zu sagen, dass Sie sie von Zeit zu Zeit besuchen sollen.“

Der ominöse Vogel hatte sich genähert, schlug mit den Flügeln und öffnete mit seinem Schnabel die Wunden der Erinnerung. Sofort erschien mir jede meiner vergangenen Scham- und Schuldgefühle vor Augen; Ich hatte solche Angst, dass ich fast aufgeschrien hätte. Ich konnte nicht mehr stillsitzen.

„Sollen wir was trinken?“ Ich habe einen Antrag gemacht.

„Passt zu mir“, stimmte Horiki zu.

Horiki und ich . Obwohl er äußerlich wie der Rest ein Mensch zu sein schien, hatte ich manchmal das Gefühl, dass wir identisch waren .

Das war natürlich erst, nachdem wir billigen Sake getrunken hatten. Als wir uns ins Gesicht sahen, war es, als würden wir uns sofort in zwei Hunde von gleicher Gestalt und gleichem Fell verwandeln, und wir sprangen hinaus , um durch die mit frisch gefallenem Schnee bedeckten Straßen zu streifen.

Von diesem Tag an war unsere Freundschaft neu entfacht. Wir fingen an, zusammen in Kyobashis kleine Bar zu gehen, und bald darauf tauchten wir hin und wieder betrunken in Shizukos Wohnung in Koenji auf, wo ich manchmal übernachtete .

Diese gewisse heiße und schwüle Sommernacht werde ich nie vergessen. Horiki kam gegen Abend in einem sehr zerschlissenen Sommerkimono zu mir nach Hause und erzählte mir, dass er aufgrund eines Notfalls gezwungen gewesen sei, sein Sommerkleid zu verpfänden, und dass es ihm leid tue, dass seine Mutter es herausgefunden habe, und dass er Geld brauche, um es einzulösen.

Leider gab es in meinem Haus keinen Cent. Aber wie früher bat ich Yoshiko, einige ihrer Kimonos ins Pfandhaus zu bringen. Ich gab Horiki das nötige Geld, und da etwas übrig war, schickte ich sie los, um **Shotchu**[1] zu kaufen. Um unser miserables Fest zu feiern, stiegen wir auf das Dach des Hauses, wo von Zeit zu Zeit Windböen

---

[1] Eine grobe japanische Spirituose, die aus verschiedenen Zutaten destilliert wird, einschließlich Sake-Rückstand.

vom Kanalgeruch des Sumida-Flusses herüberwehten.

Wir fingen an, komische und tragische Namen zu erraten. Diese Unterhaltung, die ich selbst erfunden hatte , basierte auf der Idee, dass Namen zwar in männlich, weiblich und neutrum unterteilt wurden, sie aber auch als komisch und tragisch eingestuft werden konnten. Zum Beispiel waren das Schiff und die Dampfmaschine tragische Namen, während die Straßenbahn und der Bus komisch waren. Wer den Grund nicht verstand, war nicht berechtigt, über Kunst zu streiten, und der Theaterautor, der in einer Komödie nur ein tragisches Substantiv einbaute, konnte schon deswegen als gescheitert gelten. Dasselbe galt gleichermaßen für komische Substantive in Tragödien.

"Sind Sie bereit? Was ist Tabak ? Ich begann mit der Befragung .

„Tragisch", antwortete Horiki auf der Stelle.

„Und was ist mit Medikamenten?"

„Pulver oder Tabletten?"

„Injektionen."

"Tragisch."

„ Ich frage mich … Vergiss nicht, es gibt auch Hormonspritzen."

„Ohne Zweifel tragisch. Was könnte tragischer sein als eine Nadel ?"

„Nun, du hast gewonnen. Aber ist es nicht überraschend, dass Medikamente und Ärzte komisch sind? Was ist mit dem Tod?"

"Comic. Sowohl im Fall des Christentums als auch des Buddhismus."

"Sehr gut! Das Leben muss also tragisch sein."

"Nicht wahr. Es ist auch komisch."

„Das kann nicht sein. Bei diesem Tempo wird alles komisch. Nun, ich frage Sie noch einmal, was ist mit den Karikaturisten? Sie werden nicht sagen, dass sie tragisch sind, oder?

„Tragisch, tragisch. Es ist ein sehr tragischer Name."

"Was meinst du? Äußerst tragisch ist eine gute Beschreibung von dir."

Wir hatten uns ohne jede Gnade auf diese unsinnigen Wortspiele eingelassen, aber wir waren sehr zufrieden mit solch raffinierter Unterhaltung, die in den Salons der Welt noch nie zuvor bekannt war .

Ich hatte auch ähnliche Unterhaltung erfunden. Es war das Erraten von Antonyme. Das Antonym von Schwarz ist Weiß, aber das Antonym von Weiß ist Rot, und das Antonym von Rot ist Schwarz.

„Was ist das Antonym von Blume?" Ich habe gefragt.

„Hmmm ... Da es ein Restaurant namens **Hanatsuki**[1] gab, wird es der Mond sein, oder?"

„ Nein, das ist kein Antonym; vielmehr ist es ein Synonym. Ist es nicht dasselbe mit Stern und

---

[1] Wörtlich „Mondblume"

Strumpfband ? Sie sind Synonyme, keine Antonyme.“

"Ich verstehe. Also, es ist Biene.“

"Biene?"

„In den Pfingstrosen … sind das denn keine Bienen oder sind es Ameisen?“

„Nein, das ist das Thema eines Gemäldes. Hör auf, Ausflüchte zu sein!“

„ Ich weiß ! Eine Wolkenmasse über den Blumen ...“

„Du meinst überglücklich …“

"Sie haben Recht. Die Blumen werden vom Wind zerstört. Ja, es ist der Wind. Das Antonym von Blume ist Wind.“

„Uns geht es nicht gut. Das sieht nach etwas aus aus einer **Naniwabushi**[1]-Ballade. Es zeigt, woher du kommst.“

„ Nun, wie wäre es dann mit etwas wenig Bekanntem, einer Laute zum Beispiel.“

"Noch schlimmer. Um das Antonym von Blume zu finden ... muss man nach dem Unterschiedlichsten zu einer Blume suchen, das es auf der Welt gibt.“

„Mal sehen … Warte. Eine Frau!"

„Also, was ist das Antonym von Frau?“

"Eingeweide."

„Du hast nicht viel Sinn für Poesie, oder?“ Nun, was ist mit dem Antonym von Eingeweiden?

"Kuhmilch."

---

[1] Im modernen japanischen Slang wird "naniwabushi" manchmal verwendet, um "eine Schluchzgeschichte" zu bedeuten, da die Lieder oft von traurigen Themen handelten.

„Das war gut. Versuchen wir es noch einmal. Was ist das Antonym von Scham?"

„ Schamlos . Ein beliebter Karikaturist namens Ikita Joshi."

„Was ist mit einem gewissen Masao Horiki?"

Während wir das Spiel spielten, lachten wir immer weniger und diese eigenartige düstere Stimmung trat in uns ein, als hätten wir einen Schädel voller Glasscherben, typisch für die Trunkenheit mit Shotchu.

„Hör auf, unverschämt zu sein. Ich bin nicht durch die Schande gegangen, an einem Seil weggeführt zu werden."

Ich war verblüfft . Im Grunde behandelte Horiki mich nicht als ein menschliches Wesen, sondern als einen in Ungnade gefallenen Menschen, der dem Tod entronnen ist, ein schwachsinniges Gespenst, eine lebende Leiche; und seine Freundschaft bestand nur darin, mich maximal für seine Freuden zu benutzen. Natürlich waren diese Gedanken überhaupt nicht angenehm; aber wenn ich darüber nachdachte, war es verständlich, dass Horiki mich so sah; Schon als Kind war ich unwürdig, ein Mensch zu sein, und vielleicht war es sehr vernünftig, dass sogar er mich verachtete.

"Verbrechen. Was ist das Antonym? Das hier ist schwer, huh?" fragte ich und wirkte ruhig.

„Das Gesetz", sagte er ruhig.

Ich sah wieder in Horikis Gesicht. Es wurde vom blitzenden Neon eines nahe gelegenen Gebäudes rot beleuchtet und hatte die finstere

Würde eines teuflischen Polizisten, der mich niederschlug. Ich fühlte mich bis ins Mark erschüttert.

"Es ist nicht wahr." Ich sagte.

Wer würde sagen, dass das Gesetz das Gegenstück zum Verbrechen ist! Aber die Menschen dachten so einfach, deshalb konnten sie friedlich weiterleben. Sie sagen, dass Verbrechen dort im Überfluss sind, wo es keine Polizei gibt.

"Also, was ist es? Gott? Du kamst mir schon vor, als ob du nach einem christlichen Priester rochst. Das ist ekelhaft!"

„Gehen Sie nicht auf eine Tangente. Lasst uns gemeinsam noch ein bisschen darüber nachdenken . Ist das nicht ein interessantes Thema? Ich habe den Eindruck, dass man jemanden nur an der Antwort erkennen kann, die er gibt."

„Ich glaube nicht ... Das Gegenteil von Verbrechen ist Tugend . Nehmen wir an, ein fürsorglicher Bürger wie ich."

"Hör auf zu scherzen! Aber Tugend ist das Gegenteil von Laster, nicht Verbrechen."

„Unterscheiden sich Laster und Verbrechen?"

"Ich glaube schon. Tugend und Laster sind vom Menschen erfundene Begriffe, Worte einer Moral, die nach seinem Geschmack hergestellt wurde."

„ Was für ein Ärgernis ! Nun, dann wird es Gott sein. Gott! Gott! Du kannst nichts falsch machen, wenn du alles Gott überlässt…….. Hey, ich habe Hunger."

„Jetzt kocht Yoshiko da unten ein paar Bohnen.“

"Wie gut! Ich mag Bohnen.“

Horiki lag ausgestreckt auf dem Boden, den Kopf in die Hände gestützt.

„Du scheinst nicht sehr an Kriminalität interessiert zu sein.“

„ Natürlich, weil ich kein Verbrecher bin wie du. Auch wenn ich gerne Spaß habe, lasse ich keine Frauen sterben oder nehme ihnen ihr Geld.“

Ich wollte gerade verzweifelt sagen, dass ich niemanden sterben ließ, dass ich niemandem Geld abgenommen hatte, mit einer Stimme, die als Scherz getarnt war, aber sofort erinnerte ich mich an meine eigene Bosheit und änderte meine Meinung.

Es gibt keine Möglichkeit, mit jemandem von Angesicht zu Angesicht zu streiten. Ich kämpfte gegen meine Stimmung an, die wegen der depressiven Wirkung von Shotchu von Minute zu Minute rauer wurde .

„Nur mit Gefängnis strafbare Handlungen sind keine Verbrechen“, murmelte ich wie zu mir selbst. „Das Antonym des Verbrechens zu finden, könnte helfen, sein Wesen zu kennen, denke ich. Gott … Erlösung … Liebe … Licht … Das Antonym Gottes ist Satan; Erlösung könnte Qual sein; das der Liebe, des Hasses; das von Licht, Dunkelheit; der eine der Güte, des Bösen. Verbrechen und Gebet, Verbrechen und Buße, Verbrechen und Geständnis, Verbrechen und ...

Aaah ...! Sie sind alle synonym. Was wird das Antonym von Verbrechen sein?"

„Das Gegenteil von Kriminalität ist **Honig**[1]. So süß. Nun, ich kann den Hunger nicht mehr ertragen. Warum bringst du nicht etwas zu essen mit?"

„Warum bringst du es nicht selbst?"

Zum ersten Mal in meinem Leben sprach ich mit einer Stimme voller Wut.

„Nun, ich gehe runter und begehe ein Verbrechen mit Yoshiko. Ein echter Fakt ist mehr wert als so viele Diskussionen. Das Antonym des Verbrechens ist Honig, Bohnen … Nein, Bohnen!"

Er war so betrunken, dass er nicht einmal die Worte gut artikulieren konnte.

„Mach was du willst und geh verdammt noch mal aus den Augen!"

„Verbrechen und ein leerer Magen, ein leerer Magen und Bohnen … Ah, nein. Sie sind Synonyme …", murmelte er zusammenhangslos, als er taumelnd auf die Füße kam.

Verbrechen und Bestrafung. Dostojewski. Diese Worte schossen durch eine Ecke meines Gehirns und ließen mich aufschrecken. Hatte Dostojewski diese Wörter nicht als Synonyme, sondern als Antonyme zusammengestellt? Verbrechen und Strafe, zwei absolut unvereinbare Wörter, so verschieden wie Öl und Wasser .

---

[1] Wortspiel basierend auf der Umkehrung von Silben. Kriminalität heißt auf Japanisch *Tsumi* und Honey *Mitsu*

Ich schien zu verstehen, was auf dem Grund des mit Schlamm bedeckten, trüben Teichs lag, dieses Chaos in Dostojewskis Gedanken, der Verbrechen und Strafe als Gegenbegriffe betrachtet hatte – nein, ich verstand immer noch nicht ganz … . . . Diese Gedanken gingen mir durch den Kopf wie galoppierende Pferde.

"Hallo! Riesige Bohnen hast du hier ! Kommen Sie und sehen Sie!“

Horikis Stimme und Farbe hatten sich verändert. Eben noch war er unten taumelnd auf die Füße gekommen, und ehe ich mich versah, war er wieder da.

„Was zum Teufel willst du?“

Mit einem seltsamen Gefühl stiegen wir beide vom Dach in den zweiten Stock hinab und waren schon halb die Treppe hinunter zu meinem Zimmer im Erdgeschoss, als Horiki mich plötzlich aufhielt. "Suchen!" Sagte er mit leiser Stimme und zeigte mit seinem Finger auf etwas.

Das kleine Fenster in meinem Zimmer war offen, durch das wir ins Innere sehen konnten. Das Licht war an und zwei Tiere waren zu sehen.

„Es gibt nichts, worüber man sich wundern müsste. Das ist nur ein weiterer Aspekt des menschlichen Verhaltens “, flüsterte ich, mein Kopf drehte sich und mein Atem ging stoßweise. Als ich vergaß , was mit Yoshiko geschah, erstarrte ich und stand auf der Treppe.

Horiki räusperte sich lautstark. Ich kletterte zurück auf das Dach, rannte davon, als würde ich vor jemandem davonlaufen, und ließ mich zu

Boden fallen. Als ich in den dunklen, mit Regenwolken bedeckten Himmel blickte, fühlte ich weder Wut noch Ekel noch Traurigkeit; nur schreckliche angst. Es war nicht die Angst, dass die Geister eines Friedhofs erwachen könnten , sondern die, im Zypressenhain eines Shinto-Schreins einem weiß gekleideten Gott zu begegnen [1]; eine der schrecklichen Ahnenängste, die nicht in wenigen Worten beschrieben werden kann. Ab dieser Nacht hatte ich die ersten vorzeitigen grauen Haare. Ich verlor völlig jegliches Vertrauen in mich selbst, mein Misstrauen gegenüber dem Menschen steigerte sich ins Unermessliche, und alle Hoffnung, alle Freude und alle Sympathie gegenüber den Menschen waren für immer und ewig zerstört. Tatsächlich war das, was in dieser Nacht geschah, entscheidend für mein Leben. Zwischen meinen Augenbrauen war eine Platzwunde gerissen worden, und von da an schmerzte diese Wunde jedes Mal, wenn ich mit einem Menschen zu tun hatte.

„ Ich sympathisiere, aber ich hoffe, es hat dir eine Lektion erteilt . Ich werde nicht wieder hierher zurückkehren. Dieser Ort ist eine echte Hölle … Aber du musst Yoshiko verzeihen. Außerdem bist du selbst kein großer Preis. Nun, ich gehe."

Horiki war nicht dumm genug, in einer so unangenehmen Situation zu verweilen.

Ich ging wieder aufs Dach. ich habe geholfen mich zu mehr shotchu und begann laut

---

[1] Kultstätten und Wohnstätten der Kami , der shintoistischen „Götter".

zu schreien. Ich hätte den Rest meines Lebens mit Weinen verbringen können. Irgendwann kam Yoshiko mit einem Teller voller Bohnen und stand einfach nur da, nicht sicher, was sie tun sollte.

„Er sagte, er würde mir nichts tun …"

"Das ist gut. Sag nichts. Du wusstest nicht, wie man anderen misstraut . Komm, setz dich hin und lass uns die Bohnen essen ."

Wir haben sie nebeneinander sitzend gegessen. Aaah ... Ist Vertrauen eine Sünde, frage ich mich ? Der Mann war ein unwissender Ladenbesitzer , ein kleiner Zwerg von etwa dreißig Jahren. Er bat mich immer, Comics für ihn zu zeichnen , und machte dann viel Aufhebens um die unbedeutenden Geldsummen, die er dafür bezahlte.

Natürlich tauchte der Ladenbesitzer nie wieder auf. Aber mehr als ihn hasste ich Horiki, der, anstatt sich zu räuspern, um ihn zu verjagen, als er ihn das erste Mal sah, auf dem Dach nach mir suchte. Gegen Horiki empfand ich einen solchen Hass und eine solche Wut, dass ich in schlaflosen Nächten stöhnen musste.

Ich habe ihr weder vergeben noch mich geweigert, ihr zu vergeben . Yoshiko war ein Genie, wenn es darum ging, anderen zu vertrauen. Sie hat nie jemanden verdächtigt . Daher schien das, was passiert ist, noch tragischer.

Gott, ich bitte dich. Ist Vertrauen eine Sünde?

Für mich war die Tatsache, dass Yoshiko beschmutzt worden war, weniger schwerwiegend als dass ihr Vertrauen in andere gebrochen war, da dies eine lange Tortur verursachte, die mein Leben unerträglich machte. Jemandem, der so schüchtern war wie ich, dessen Vertrauen in andere tief erschüttert war, erschien Yoshikos makelloses Vertrauen so sauber und rein wie ein Wasserfall zwischen neuen grünen Blättern. Eine Nacht reichte aus, um das Wasser dieser reinen Kaskade mit gelblichem Schlamm zu trüben.

Von da an wurde Yoshiko von der kleinsten meiner Gesten gestört. Als ich sie anrief, war sie erschrocken und schien nicht zu wissen, wo sie hinschauen sollte. So sehr ich auch versuchte, sie mit meinen Possen zum Lachen zu bringen, sie schien verängstigt und nervös zu sein, und obendrein gewöhnte sie sich an eine sehr förmliche Sprache mit mir.

Könnte reines Vertrauen eine Quelle der Sünde sein?

Ich suchte und las Bücher über verunreinigte verheiratete Frauen. Aber ich habe keine Geschichte über einen gefunden, der so tragisch in Ungnade gefallen wäre. Was mit Yoshiko passiert ist, konnte nicht einmal in eine Geschichte umgewandelt werden. Wenn zwischen ihr und dem Lebensmittelhändler nur so etwas wie Liebe gewesen wäre, würde ich mich besser fühlen. Aber eines Sommerabends misstraute Yoshiko nicht und das passierte… Ich hatte eine Spalte zwischen den Augenbrauen , meine Stimme wurde rau und ich bekam vorzeitig graue Haare; und sie war dazu verdammt, für den Rest ihrer Tage in Angst zu leben.

Im Allgemeinen waren die Frauen in den Romanen, die ich las, mit der Situation konfrontiert, ob der Ehemann „die Tat“ verzeihen würde oder nicht. Aber es schien mir, dass es kein so kompliziertes Problem war. Ich dachte, dass jeder Mann , der die Macht hat zu vergeben oder nicht zu vergeben, ein glücklicher Mann ist ; wenn er glaubte, nicht vergeben zu können, wäre es am besten, statt so viel Aufhebens zu machen, sich sofort von seiner Frau zu trennen und sich eine andere Frau zu suchen ; und wenn er diesen schritt nicht gehen will, soll er ihr verzeihen und nachsicht zeigen . Jedenfalls konnte alles nach den Gefühlen des Mannes geregelt werden. Sicherlich ist so etwas ein schwerer Schlag für einen Ehemann, aber es unterscheidet sich von einer endlosen Folge von Wellen, die nie aufhören zu schlagen. Jedenfalls hatte ich den Eindruck, dass es sich um ein Problem handelte, das mit der Wut eines jeden Mannes mit Autorität gelöst werden konnte . Aber in meinem Fall hatte ich keine Rechte und mir kam der Gedanke, dass alles wegen mir geschah. Anstatt mich zu empören, würde ich nicht einmal daran denken, mich zu beschweren; wegen dieser seltenen Tugend, die sie besaß, wurde meine Frau geschändet, eine Tugend, die ich seit langem hochschätzte , das unerträglich Erbärmliche ihres makellosen Vertrauens.

Ist makelloses Vertrauen eine Sünde?

Ich zweifelte an dieser Qualität, auf die ich mich verlassen hatte, fühlte mich verwirrt und hatte keine andere Zuflucht als Alkohol. Mein Gesichtsausdruck verhärtete *sich,* und seit ich Shotchu getrunken hatte Seit dem Morgen begannen meine Zähne auszufallen. Meine Comics grenzten an Unanständigkeit. Nein, ich werde die Dinge klar sagen. Früher habe ich erotische Werke kopiert, die ich heimlich verkauft habe. Ich wollte Geld, um Shotchu zu kaufen.

Als ich sah, dass Yoshiko von mir wegsah, kam mir in den Sinn, dass sie wegen ihrer Angewohnheit, allen zu vertrauen; Hätte sie nicht mehr als einmal Sex mit dem Ladenbesitzer gehabt? Oder mit Horiki? Oder vielleicht mit einem Mann, den ich nicht einmal kannte? Meine Zweifel nahmen zu, aber da ich mich nicht traute, sie zu fragen, floh ich in meine Zweifel und Angst, um Shotchu zu trinken. Manchmal, wenn ich schon betrunken war, stellte ich ihr boshafte Leitfragen und meine Stimmung schwankte je nach Antwort zwischen Freude und Trauer . Aber an der Oberfläche zeigte ich nur meine ständige Possenreißerei. Danach würde ich Yoshiko einige Liebkosungen geben, die aus der Hölle kamen, und ich würde in einen plötzlichen Traum fallen.

Eines Abends gegen Ende des Jahres kam ich mit einem tödlichen Betrunkenen nach Hause. Ich wollte ein Glas Zuckerwasser haben und da Yoshiko schlief, ging ich selbst in die Küche, um die Zuckerdose zu holen. Als ich den Deckel öffnete, war statt Zucker eine lange schwarze Schachtel. Ich nahm es achtlos, aber als ich sah, was darauf geschrieben stand, war ich fassungslos. Mehr als die Hälfte der japanischen Buchstaben war mit dem Fingernagel abgekratzt, aber die westlichen Buchstaben waren gut lesbar. Das Wort DIAL war lesbar.

DIAL... Damals beschränkte ich mich ausschließlich auf Shotchu, also nahm ich keine Schlaftabletten. Aber da ich früher unter Schlaflosigkeit gelitten hatte, war ich mit dieser Art von Drogen gut vertraut. Eine Schachtel dieses DIAL war mehr als genug, um den Tod zu verursachen. Es war noch versiegelt; Ohne Zweifel muss ich es, nachdem ich die japanischen Buchstaben gelöscht hatte, vor langer Zeit hier aufbewahrt haben, weil ich dachte, dass ich es eines Tages brauchen könnte. Da die arme kleine Yoshiko die westliche Schrift nicht lesen konnte, schien es zu reichen, nur die japanische zu löschen. „Du bist an nichts schuld“, dachte ich.

Ohne das geringste Geräusch zu machen, füllte ich ein Glas mit Wasser, öffnete die Schachtel, trank den gesamten Inhalt auf einmal aus und nippte dann in aller Ruhe an dem Wasser. Ich machte das Licht aus und ging ins Bett.

Anscheinend kam ich drei Tage lang nicht wieder zu Bewusstsein. Der Arzt tat mir den Gefallen, es für einen Dosierungsfehler zu halten und informierte die Polizei nicht. Wie mir später gesagt wurde, war das erste, was ich tat, als ich aufwachte, zu stöhnen: ‚Ich gehe nach Hause.' Ich habe keine Ahnung, welchen Ort ich mit „Zuhause“ meinte, aber nachdem ich das gesagt hatte, begann ich unkontrolliert zu weinen.

Nach und nach lichtete sich der Nebel und ich sah Sohle mit mürrischem Gesichtsausdruck neben meinem Kopfteil sitzen.

„Das letzte Mal war auch gegen Ende des Jahres. Er wählt genau die geschäftigste Zeit, um so etwas zu tun. Er wird mich mit Abneigungen töten.“

Seine Gesprächspartnerin war die Wirtin von Kyobashis Bar.

„ Madame ...“, rief ich.

"Hallo? Wie? Du bist schon wach?“ Sagte sie lächelnd und lehnte ihr Gesicht über meins.

„Befreie mich von Yoshiko...“, fragte ich und weinte mir die Augen aus.

Diese Worte überraschten sogar mich selbst. Die Vermieterin erhob sich und stieß einen leichten Seufzer aus.

Und auch, ohne nachzudenken, ist mir ein absolut idiotischer Possenreißer entwischt.

„Ich möchte dorthin gehen, wo es keine Frauen gibt.“

Sohle brach in Gelächter aus, und die Wirtin lachte leise. Sogar ich wurde durch meine Tränen rot und lächelte bitter.

"Genau da. Eine ausgezeichnete Idee. Ich denke, es wird das Beste sein.“ Sohle stimmte zu und fuhr lachend fort. „Du musst an einen Ort gehen, wo es keine Frauen gibt. Für Sie gibt es Probleme, wo Frauen sind. Ein Ort ohne Frauen ist eine gute Idee.“

Ein Ort ohne Frauen. Das Schlimmste ist, dass das, was ich in meinem idiotischen Wahn gesagt habe, eine sehr tragische Realität wurde.

Yoshiko hat sich in den Kopf gesetzt, dass ich mich selbst vergiften wollte, um zu sühnen, was ihr passiert ist, also war sie viel beunruhigter als zuvor. Was auch immer ich sagte, es gab keine Möglichkeit, sie zum Lächeln zu bringen oder sie aus ihrem Schweigen zu reißen. Zu Hause zu sein war für mich unerträglich, also ging ich nach wie vor um des Geldes willen aus.

Nach der Dial-Sache verlor ich viel Gewicht, meine Arme und Beine waren schwer und ich war faul, Comics zu zeichnen. Als Sohle mich einmal besuchte, gab er mir etwas Geld und sagte, es sei ein Geschenk, als ob es aus seiner eigenen Tasche käme; obwohl es sicher von meinen Brüdern kam. Anders als damals, als ich sein Haus verließ, konnte ich dieses Mal dieses wichtige Theater im Nebel wahrnehmen; Ich tat jedoch so, als würde ich es nicht bemerken, und dankte ihm kleinlaut. Aber es machte einen seltsamen Eindruck auf mich, als ob ich verstand und gleichzeitig nicht verstehen konnte, warum sich Leute wie Sohle so komplizierte Tricks einfallen lassen mussten.

Mit dem Geld kam mir plötzlich der Gedanke, zu den heißen Quellen in einem Spa im Süden der Izu-Halbinsel zu gehen. Aber ich war nicht der Typ Mensch, der es genoss, von einer heißen Quelle zur nächsten zu gehen, und der Gedanke an Yoshiko erfüllte mich mit einer enormen Traurigkeit, die mich daran hinderte, die bergige Landschaft ruhig durch das Fenster des Gasthauses zu betrachten. Ohne die bequemen Klamotten anzuziehen oder mir die Mühe zu machen, das Wasser zu trinken, eilte ich hinaus auf die Straße und verbrachte die restliche Zeit in halbverfallenen Teehäusern, wo ich so viel Shotchu trank dass es gereicht hätte, ein Bad zu nehmen. Als ich nach Tokio zurückkehrte, fühlte ich mich viel schlechter als vor meiner Abreise.

In der Nacht, als ich in Tokio ankam, schneite es stark. Betrunken wie ich war, wanderte ich durch die Gassen von Ginza und sang unablässig den Refrain: „Von hier zu meiner Heimat, wie viele hundert **Ri**[1]…. ?" Als ich gegen den sich ansammelnden Schnee trat, übergab ich mich plötzlich. Es war das erste Mal, dass ich Blut erbrach. Der rote Fleck auf dem Schnee sah aus wie eine große Flagge der **aufgehenden Sonne** [2]. Ich ging in die Hocke, füllte meine Hände mit

---

[1] Ri (alte japanische Längeneinheit, ca. 3,927 km)

[2]Japanische Flagge, die aus einer roten Scheibe und sechzehn roten Strahlen besteht, die von der Scheibe ausgehen

sauberem Schnee und rieb ihn über mein tränenverschmiertes Gesicht.

„Wohin führt dieser Weg? Wohin führt dieser Weg? „

Ich hörte die traurige Stimme eines singenden Mädchens wie eine Halluzination, die von weit her zu kommen schien. Unglück! In dieser Welt gibt es viele Arten von unglücklichen Menschen ... Ich würde eher nicht übertreiben, wenn ich sagen würde, dass die Welt ausschließlich aus unglücklichen Menschen besteht. Aber diese Menschen beschweren sich bei der Gesellschaft über ihre Missgeschicke und die Gesellschaft behandelt sie mit Freundlichkeit und Verständnis. Meine Unzufriedenheit stammte jedoch ausschließlich von meinen Sünden und ich hatte keine Möglichkeit, jemanden zu beanspruchen. Wenn ich, selbst durch meine Zähne, ein einziges Wort des Protests äußern würde, würde nicht nur Sohle, sondern die ganze Gesellschaft über meine Unverschämtheit empört sein. Was bin ich, ein Egoist ? Oder vielleicht im Gegenteil ein Mann von übermäßig schwachem Geist ? Ich weiß es nicht, aber da ich ein ausgesprochener Sünder bin, bin ich dazu verdammt, immer unglücklicher zu werden, ohne zu wissen, wie ich es vermeiden kann.

Ich wachte mit dem Gedanken auf , mir eine richtige Medizin zu besorgen. Ich ging in eine nahe gelegene Apotheke und die Besitzerin stand im selben Moment, als sich unsere Blicke trafen, sehr aufrecht, mit erhobenem Kopf und einem faszinierten Ausdruck in ihren Augen, als wäre ihr ein Blitz ins Gesicht gefeuert worden. Aber in ihrem Blick lag keine Beunruhigung oder Unmut, sondern ein Wunsch, gerettet zu werden, ein Schatten der Zuneigung. Ich dachte: „Ah, sie muss auch unglücklich sein; eine Person, die leidet, ist sensibel für das Leiden anderer." Dann bemerkte ich, dass die Frau mit Mühe aufstand, gestützt auf ein Paar Krücken. Ich kämpfte gegen den Drang an, zu ihr zu eilen, und da ich meinen Blick nicht von ihrem lösen konnte, begannen Tränen zu fließen. Auch aus den großen Augen der Frau begannen reichlich zu fallen.

Sonst ist nichts passiert. Ohne ein Wort zu sagen verließ ich die Apotheke und stolperte nach Hause. Ich bat Yoshiko, mir ein Glas Salzwasser zu machen, und schlief ein, ohne ein weiteres Wort zu sagen. Am nächsten Tag blieb ich unter dem Vorwand, ich hätte das Gefühl, ich würde mich erkälten, im Bett liegen. Nachts, so besorgt wie möglich wegen des Blutes vom Vortag, stand ich auf und ging zu dieser Apotheke. Diesmal erzählte ich der Besitzerin mit einem Lächeln ehrlich alles, was passiert war, und bat sie um Rat.

„Du musst aufhören zu trinken."

Es machte den Eindruck, dass wir verwandt waren.

„ Vielleicht bin ich Alkoholiker, weil ich auch jetzt noch Lust aufs Trinken habe."

„ Du darfst nicht . Mein Mann trank viel, obwohl er an Tuberkulose litt, und sagte, dass Sake Keime abtöte. Er hat sein Leben selbst verkürzt."

„Ich kann die Unruhe, die Angst nicht ertragen. Ich kann nicht gehen, ohne zu trinken."

„Ich werde dir Medizin geben; aber hör wenigstens auf zu trinken."

Die Besitzerin der Apotheke war eine Witwe mit einem Sohn, der irgendwo in Chiba eine medizinische Fakultät besucht hatte, das Studium aber sofort abbrechen musste, weil er sich die gleiche Krankheit wie sein Vater zugezogen hatte und ins Krankenhaus eingeliefert wurde. Außerdem war ihr Schwiegervater zu Hause invalide, und sie selbst hatte seit ihrem fünften Lebensjahr aufgrund von Kinderlähmung ein komplett gelähmtes Bein. Auf die Krücken gestützt durchsuchte sie die Regale nach verschiedenen Medikamenten für mich.

„Das soll das Blut stärken. Dies ist eine Injektion von Vitaminen; Hier ist die Spritze. Das sind Kalziumtabletten, und das ist Diastase, damit Sie keine Magenbeschwerden bekommen." Als sie erklärte, was dies oder das war, insgesamt ungefähr sechs Medikamente, war ihre Stimme voller Zuneigung. „Und das ist für den Fall, dass du nicht widerstehen kannst, ohne zu trinken", sagte sie, wickelte es sofort in Papier und legte es in eine Schachtel. Es war Morphium.

Die Dame sagte, es sei nicht schädlicher als Alkohol, und ich glaubte ihr. Ich hatte begonnen, die Schäbigkeit zu empfinden, mich zu betrinken; so war ich froh, dass ich dem teufel des alkohols nach langer zeit entkommen konnte. Ohne zu zögern spritzte ich mir das Morphium in den Arm.

Sofort verschwanden meine Unsicherheit, Nervosität und Schüchternheit vollständig und wichen Lebhaftigkeit und Eloquenz. Die Injektionen ließen mich die Schwäche meines Körpers vergessen, sodass ich mich wieder dem Zeichnen widmen konnte; und ich war sogar so begeistert, dass ich manchmal mitten in der Arbeit lachte.

Ich hatte vor, eine Injektion pro Tag zu verwenden, aber bald wurden es zwei, dann drei; und als sie vier wurden, konnte ich nicht mehr ohne sie arbeiten. Der Besitzer der Apotheke hatte mich gewarnt: „So kann es nicht weitergehen." Wenn ich süchtig würde, wäre das schrecklich, aber mir scheint, dass ich zu diesem Zeitpunkt bereits ein beträchtlicher Süchtiger geworden war. Ich bin sehr empfänglich für die Vorschläge der Leute. Wenn mir gesagt wird, ich solle einen bestimmten Geldbetrag nicht ausgeben, obwohl ich nicht sehr hoffnungsvoll bin, scheint es mir falsch zu sein, es nicht auszugeben, und ich tue es sofort. Die Sorge, süchtig zu werden, brachte mich dazu, Drogen zu nehmen.

„Noch eine Kiste, bitte! Ich verspreche, dass ich Ihnen die ausstehende Rechnung am Ende des Monats bezahlen werde."

„Du kannst die Rechnung begleichen, wenn es gut läuft. Das Problem ist, dass die Polizei in diesen Angelegenheiten sehr streng ist", erklärte sie.

Ich werde immer von einer Aura dunkler Düsternis heimgesucht, von einem misstrauischen Ausgestoßenen.

„Tun Sie etwas, um den Verdacht abzuwehren, ich bitte Sie. Ich werde dir einen Kuss geben."

Die Frau errötete heftig.

„Ohne Medizin geht meine Arbeit gar nicht voran", beharrte ich, „für mich ist es wie eine Energiequelle."

„Nun, dann versuchen wir es mit Hormonspritzen."

„Sei nicht albern. Es ist Alkohol oder diese Medizin; ohne einen von beidem kann ich nicht arbeiten."

„Du darfst nicht trinken."

„Ist es nicht wahr? Seit ich das Medikament nehme, habe ich keinen Tropfen Alkohol getrunken. Zum Glück fühle ich mich großartig. Ich werde nicht mein ganzes Leben lang ungeschickte Comics zeichnen. Ohne das Getränk wird sich meine Gesundheit erholen. Ich werde studieren und versuchen, ein großer Maler zu werden. Jetzt ist ein wichtiger Moment. Also ... Komm schon, bitte! Wie wäre es mit einem Kuss?"

"Was für ein Problem!" Sagte die Frau lachend. „ Nach allem, was ich weiß, sind Sie vielleicht schon süchtig geworden."

Sie klapperte beim Gehen mit ihren Krücken und holte die Medizin aus dem Regal.

„Ich kann dir keine ganze Kiste geben, du machst sie gleich fertig. Nur die Hälfte, oder?"

„Wie geizig du geworden bist! Nun, wenn das das Beste ist, was du tun kannst. ”

Wieder zu Hause habe ich mir als erstes eine Dosis gespritzt.

"Tut es nicht weh?" fragte Yoshiko schüchtern, als sie mich sah.

„ Natürlich. Aber um besser zu arbeiten, muss ich es tun, auch wenn es weh tut. In letzter Zeit bin ich sehr vital, findest du nicht?“ Ich fügte spielerisch hinzu: „Nun, machen wir uns an die Arbeit! An die Arbeit, an die Arbeit!“

Einmal klopfte ich spät in der Nacht an die Tür der Apotheke. Die Besitzerin kam in ihrem Nachthemd heraus, klapperte mit ihren Krücken, und plötzlich umarmte und küsste ich sie und tat so, als würde ich weinen. Sie reichte mir wortlos eine ganze Schachtel.

Als mir klar wurde, dass die Droge so schrecklich schmutzig war wie Shotchu – nein, mehr noch – ich war bereits völlig süchtig geworden. Ich war so weit gegangen, meine Scham völlig zu verlieren. Um die Droge zu kaufen, widmete ich mich dem Kopieren und Verkaufen von erotischen Zeichnungen und geriet sogar im wahrsten Sinne des Wortes in eine hässliche Beziehung mit der verkrüppelten Frau.

Ich dachte: „Ich will sterben, jetzt mehr denn je, ich will sterben, mein Leben lässt sich nicht reparieren, was immer ich tue, es dient nur dazu, immer schlimmer zu werden; eine weitere Schicht der Scham. Mit dem Fahrrad zu einem Wasserfall zwischen den neuen Blättern zu fahren, ist für mich eine vergebliche Hoffnung, dass ich nur von der Anhäufung schmutziger und bedauernswerter Sünden lebe, die Quelle eines immer tieferen Leidens. Ich möchte sterben, weil das Leben nur Sünde verursacht." Trotz allem lief ich halb verrückt zwischen meinem Haus und der Apotheke hin und her.

Je härter ich arbeitete, desto mehr Morphium brauchte ich. Meine Schulden gegenüber der Apotheke erreichten eine riesige Summe. Jedes Mal, wenn die Besitzerin mich ansah, flossen ihre Tränen; und bei mir ist das gleiche passiert.

Hölle.

Ich war zu dem Schluss gekommen, dass der einzige Ausweg darin bestand, einen langen Brief an meinen Vater zu schreiben; es war meine letzte Hoffnung. Wenn es nicht klappte, blieb mir nichts anderes übrig, als mich aufzuhängen , das war, als würde ich auf die Existenz Gottes setzen. In dem Brief habe ich ausführlich meine Situation bekannt, natürlich mit Ausnahme der Beziehungen zu Frauen.

Aber das Schlimmste ist passiert. Die Antwort, auf die ich sehnsüchtig wartete, kam nicht, und die Angst ließ meinen Drogenkonsum noch weiter ansteigen.

An dem Tag, an dem ich bereits beschlossen hatte, mir nachts zehn Dosen zu spritzen und mich in den Fluss zu stürzen, erschien am Nachmittag Sohle bei mir zu Hause, vielleicht hatte er meine Absichten mit seinen bösen Kräften gerochen, begleitet von Horiki.

„Du spuckst Blut, oder?“ fragte Horiki und saß mir gegenüber mit gekreuzten Beinen und einem liebevollen Lächeln, das ich noch nie bei ihm gesehen hatte. Ich war so dankbar, so glücklich über dieses Lächeln, dass ich nicht anders konnte, als mich abzuwenden und in Tränen auszubrechen. Horikis Lächeln überkam mich, begrub mich in Vergessenheit.

Sie haben mich in ein Auto gesetzt und mir mitgeteilt, dass ich in ein Krankenhaus muss und dass der Rest in ihren Händen verbleibt, sagte Sohle mir in einem sanften Ton, der voller Mitgefühl zu sein schien. Als wäre ich ein Mann ohne Entscheidungs-, Urteils- und alles andere Fähigkeit und weinte mir die Augen aus, beschränkte ich mich darauf, zu gehorchen, was meine Gefährten mir sagten. Mit Yoshiko waren wir zu viert im Auto, was uns aus der Bahn schüttelte und uns, als es dunkel wurde, in einem großen Krankenhaus mitten im Wald absetzte. Am Eingang dachte ich: „Das ist ein Sanatorium.“

„Sie werden eine Weile hier bleiben müssen“, sagte ein junger Arzt mit einem verlegenen Lächeln nach einer mit irritierender Zartheit durchgeführten Untersuchung.

Sohle, Horiki und Yoshiko wollten gerade gehen und ließen mich dort zurück. Yoshiko reichte mir ein Bündel Wechselkleidung und nahm schweigend eine Spritze und den Rest der Medizin aus ihrer Kimonoschärpe.

Zweifellos dachte sie, es sei wirklich eine Energiequelle.

"Nimm es weg, ich brauche es nicht mehr."

Das war außergewöhnlich, das einzige Mal in meinem Leben, dass ich etwas abgelehnt habe. Mein Unglück war von der Art, die es mir nicht erlaubte, mir etwas zu versagen. Wenn ich etwas ablehnte, was mir angeboten wurde, befürchtete ich, dass sich ein riesiger Riss auftun würde, der für die Ewigkeit zwischen seinem und meinem Herzen bleiben würde. Aber dieses Mal konnte ich das Morphium ablehnen, das ich bis an den Rand des Wahnsinns gewollt hatte. Vielleicht ist mir Yoshikos „göttliche Ignoranz“ aufgefallen. Ich glaube, genau in diesem Moment habe ich aufgehört, süchtig zu sein.

Sofort führte mich dieser Arzt mit dem schüchternen Lächeln zu einer Station und schloss die Tür ab. Das war ein Irrenhaus.

Was ich in meinem dummen Wahn sagte, nachdem ich Dial genommen hatte, dass ich an einen Ort gehen würde, wo es keine Frauen gab, bewahrheitete sich auf seltsame Weise. In dieser Abteilung gab es nur Verrückte und Krankenschwestern; alles Männer, keine einzige Frau.

Ich war kein Verbrecher mehr; Ich war ein Wahnsinniger geworden. Aber nein, ich war nicht verärgert, noch war ich es einen einzigen Moment lang gewesen. Obwohl, aaah, alle Verrückten denken das über sich ... Anscheinend besteht der ganze Unterschied darin, dass diejenigen von uns, die hier eingesperrt sind, verrückt sind und diejenigen, die draußen sind, normal sind.

Mein Gott, antworte mir, ist es ein Verbrechen, keinen Widerstand zu leisten?

Ich hatte bei diesem seltenen und schönen Lächeln von Horiki geweint und war ins Auto gestiegen, hatte vergessen, mich zu entscheiden und Widerstand zu leisten; so haben sie mich eingesperrt und ich wurde verrückt. Selbst wenn ich ausgehe, habe ich immer das verrückte Poster an meiner Stirn genagelt; vielmehr von den lebenden Toten. Unwürdig, ein Mensch zu sein. Ich habe komplett aufgehört, eine Person zu sein.

Ich bin im Frühsommer dort angekommen. Durch das vergitterte Fenster konnte ich den kleinen Gartenteich sehen, wo die tiefrosa Seerosen blühten. Drei Monate vergingen und der Kosmos hatte bereits zu blühen begonnen. Dann kam mein älterer Bruder mit Sohle, um mich da rauszuholen; mein Vater war Ende letzten Monats an einem Magengeschwür gestorben. Sie sagten, sie würden mich nicht für meine Vergangenheit zur Rechenschaft ziehen und ich solle mir keine Sorgen um meinen Lebensunterhalt machen; Ich musste nichts tun, nur sofort raus aus Tokio. Ich könnte mich auf dem Feld erholen, ohne mich um irgendetwas kümmern zu müssen, da Sohle sich um alle meine Angelegenheiten kümmern würde, schloss er mit äußerster Ernsthaftigkeit.

Ich glaubte, die Berge und Flüsse meiner Heimat zu sehen, und nickte leicht.

Eine Ablehnung, genau.

Als ich vom Tod meines Vaters erfuhr, war ich noch erschütterter. Er ist fort, dachte ich und erinnerte mich voller Sehnsucht an diese Präsenz, die mich immer wieder erschreckte; „Es ist weg“, und ich erkannte, dass die Urne meines Leidens geleert war. Mir kam der Gedanke, dass mein Vater für das ungeheure Gewicht dieser Schmerzensurne verantwortlich war. Ich verlor den Willen zu kämpfen und sogar die Fähigkeit zu leiden.

Mein älterer Bruder erfüllte gewissenhaft sein Versprechen. Er kaufte mir ein Haus am Rande einer Stadt, etwa vier oder fünf Zugstunden südlich von meiner Heimatstadt. Es war eine heiße Quelle an der Küste, ein Ort, der warm genug war, um sich in dieser Gegend aufzuhalten. Das strohgedeckte Haus mit fünf Zimmern war so alt, dass die Wände abgesplittert und die Säulen so von Insekten benagt waren, dass an eine Reparatur nicht mehr zu denken war. Um sich um mich zu kümmern, stellte er eine Frau in den Sechzigern ein, sehr hässlich und mit verbranntem Haar, das einen rötlichen Farbton angenommen hatte.

Seitdem sind drei Jahre vergangen. Die Frau namens Tetsu hat mich bei mehreren Gelegenheiten auf seltsame Weise gezwungen. Hin und wieder streiten wir uns als Ehepaar, mein Brustleiden wird abwechselnd schlimmer und besser, und manchmal spucke ich Blut.

Gestern habe ich Tetsu losgeschickt, um Calmotin in der Dorfapotheke zu kaufen, und sie hat eine anders aussehende Schachtel mitgebracht. Ich maß dem nicht viel Bedeutung bei und nahm vor dem Schlafengehen zehn Tabletten. Während ich mich wunderte, wie es möglich war, dass ich nicht müde wurde, bekam ich gewaltige Magenkrämpfe und musste auf die Toilette rennen; Ich hatte schrecklichen Durchfall. Diese Fahrten wurden dreimal wiederholt. Überrascht warf ich einen genauen Blick auf die Schachtel. Das Medikament hieß Henomotin und war ein Abführmittel.

Als ich mit einer Wärmflasche auf dem Bauch auf dem Rücken auf dem Bett lag, dachte ich darüber nach, Tetsu zu tadeln. Ich würde sagen: „Hey du, was du mitgebracht hast, ist nicht Calmotín, sondern Henomotín“, aber als ich darüber nachdachte, fing ich an zu lachen. „Ablehnen“ war ein höchst komisches Substantiv; und um das Ganze abzurunden, hatte ich ein Abführmittel genommen, um mir beim Schlafen zu helfen.

In meiner Existenz gibt es kein Glück oder Leid mehr.

Alles geht vorbei.

Das ist die einzige Wahrheit in meinem ganzen Leben, das ich in der endlosen Hölle der menschlichen Gesellschaft verbracht habe.

Alles geht vorbei.

Dieses Jahr werde ich siebenundzwanzig. Meine Haare sind viel grauer geworden. Die meisten Leute würden mich für über vierzig halten.

Epilog

Ich habe den Verrückten, der diese Notizbücher geschrieben hat, nie persönlich getroffen, aber ich habe die Dame getroffen, die in den Aufzeichnungen als Kyobashis Vermieterin erscheint. Sie war klein, hatte einen ungesunden Teint, schmal geschlitzte, sehr schräge Augen und eine hervorstehende Nase; sie machte einen etwas strengen Eindruck, strahlte mehr die Schönheit eines jungen Mannes als die einer Frau aus. Es scheint, dass das, was in den Notizbüchern berichtet wurde, zwischen 1930 und 1932 in Tokio passiert ist, aber ich ging erst 1935 in diese Bar, als das Militär begann, durch die Straßen zu wüten. Ich war mit meinen Freunden bei Whiskey und Soda, obwohl ich den Mann, der die Notizbücher geschrieben hat, nie getroffen habe.

Aber im Februar dieses Jahres musste ich nach Funabashi in der Provinz Chiba reisen, um einen Freund zu besuchen, der dort während der Bombenanschläge evakuiert worden war. Diese Freundin vom College war Professorin an einem weiblichen College. Als ich ihn bitten musste, bei der Organisation der Hochzeit eines meiner Verwandten zu vermitteln, kam mir der Gedanke, dass ich die Gelegenheit nutzen könnte, um frischen Fisch für meine Familie zu kaufen. Also habe ich mir einen Rucksack auf den Rücken gelegt und bin gegangen.

Funabashi war eine ziemlich große Stadt, die sich über ein schlammiges Meer erstreckte. Da mein Freund erst seit kurzem dort wohnte, konnte mir, als ich nach seinem Haus fragte, trotz korrekter Straßennamen- und Hausnummerangaben niemand den Ort nennen. Abgesehen davon, dass mir kalt war, schmerzte mein Rücken von meinem Rucksack. Dann, angezogen vom Klang einer Schallplatte mit Geigenmusik aus einem Café, stieß ich die Tür auf und ging hinein.

Die Wirtin war mir bekannt, und als ich sie fragte, stellte sich heraus, dass es genau dieselbe Person aus der Kyobashi-Bar war, in die ich vor zehn Jahren gegangen war. Die Frau schien mich sofort zu erkennen, und nachdem wir beide ein wenig Aufhebens gemacht und gelacht hatten, begannen wir, über das zu sprechen, was damals üblich war, nämlich unsere eigenen Erfahrungen während der Bombenangriffe.

„Aber du hast dich kein bisschen verändert", sagte ich.

„Oh nein, ich bin jetzt alt! Der Körper reagiert nicht mehr wie zuvor auf mich. Du bist derjenige, der wirklich jung aussieht ."

"Auf keinen Fall. Ich habe bereits drei Kinder! Ich hatte daran gedacht, ihnen etwas zu kaufen, um die Reise zu nutzen ..."

Nachdem ich die Leute, die sich lange nicht gesehen hatten, gebührend begrüßt hatte, fragte ich sie nach alten Bekannten; und plötzlich, ihr Gesichtsausdruck änderte sich, fragte mich die Frau, ob ich jemals Yozo getroffen hätte. Als ich nein sagte, ging sie ins Hinterzimmer und kam mit drei Notizbüchern und drei Fotos von ihm zurück.

„Vielleicht sind sie ein guter Stoff, um einen Roman zu schreiben", sagte sie und reichte sie mir.

Ich kann nicht schreiben, wenn Leute mich zwingen, ein Material anzunehmen. Ich wollte gerade alles zurückgeben, als die Fotos von Yozo – ich erwähnte seinen mysteriösen Gesichtsausdruck im Prolog – meine Aufmerksamkeit erregten und ich beschloss, die Notizbücher zu behalten.

Nachdem ich der Frau erzählt hatte, was passieren würde, bevor ich nach Tokio zurückkehrte, fragte ich sie nach Soundso, der in diesem Teil lebte und Professor an der Frauenuniversität war, und es stellte sich heraus, dass sie ihn kannte. Außerdem war er Kunde des Cafés und sein Haus war ganz in der Nähe.

Nachdem ich an diesem Abend ein paar Gläser Sake mit meinem Freund ausgetauscht hatte, nahm ich sein Angebot an, bei ihm zu übernachten. Ich fing an, die Notizbücher zu lesen, und schlief nicht, bis ich sie im Morgengrauen beendet hatte.

Was geschrieben wurde, gehörte der Vergangenheit an, aber ich war mir sicher, dass es für die Menschen von heute interessant sein würde. Ich dachte, dass es am besten wäre, es einer Zeitschrift anzubieten, um es so zu veröffentlichen, wie es ist, anstatt selbst ungeschickte Änderungen vorzunehmen.

Ich habe getrockneten Fisch als Geschenk für meine Kinder gekauft. Nachdem ich meiner Freundin erzählt hatte, was passiert war, trug ich meinen halbleeren Rucksack auf dem Rücken und ging ins Café.

„Danke für alles gestern", begann ich und kam sofort auf den Punkt. „Ich frage mich, ob Sie mir die Notizbücher für eine Weile leihen könnten."

"Na sicher. Bitte..."

"Lebt der Mann noch?"

„Nein, ich bin mir nicht sicher. Ich habe die Notizbücher und die Fotos in einem Paket vor ungefähr zehn Jahren in der Bar in Kyobashi erhalten. Yozo muss es geschickt haben, aber es hatte keine Absenderadresse, nicht einmal einen Namen. Es überlebte unter anderem die Bombardierung fast wie durch ein Wunder. Erst kürzlich habe ich die Hefte zum ersten Mal selbst durchgelesen..."

"Hast du geweint?"

„Nein ... Mehr als zu weinen, es hat mich denken lassen, dass wenn eine Person diese Situation erreicht ... Aaah, es gibt nichts zu tun."

„Da zehn Jahre vergangen sind, ist er vielleicht gestorben. Vielleicht hat er sie dir als Zeichen der

Wertschätzung geschickt. Er hat vielleicht ein bisschen übertrieben, aber du hast sicher sehr darunter gelitten, oder? Wenn alles, was er geschrieben hat, wahr wäre und ich sein Freund gewesen wäre, hätte ich ihn wohl auch in eine Anstalt einweisen wollen."

„Es war die Schuld seines Vaters", sagte sie leise. „Der Yozo, den wir kannten, war ein guter, aufgeweckter Junge. Wenn er nur nicht getrunken hätte – nein, selbst wenn er getrunken hätte: Er war ein guter Junge, fast ein Engel."

Über den Autor

OSAMU DAZAI (Kanagi, 1909 - Tokio, 1948), ein Pseudonym für Tsushima Shuji, ist einer der beliebtesten modernen Schriftsteller Japans. Als zehnter Sohn einer wohlhabenden Familie in Nordjapan studierte Dazai französische Literatur an der Universität Tokio, obwohl er damit prahlte, nie einen Kurs besucht zu haben. In den 1930er Jahren war er nach seinem Universitätsabschluss in der beginnenden kommunistischen Untergrundbewegung aktiv, weshalb er vom Militärregime inhaftiert und gefoltert wurde. Ein wahres ***Enfant terrible***[1] japanischer Schriften war er 1935 und 1936 Kandidat für den Akutagawa-Preis. Wegen einer Beziehung zu einer niederrangigen **Geisha**[2] von seinem Vater enterbt und von seiner Morphin- und Alkoholsucht geplagt, versuchte Dazai viermal Selbstmord. Als Autor mehrerer Bücher mit Kurzgeschichten und zweier Romane wurde er erst mit der Veröffentlichung von *Gezeichnet* und *Die untergehende Sonne* nach dem Zweiten Weltkrieg

---

[1]Es ist ein französischer Ausdruck, der eine Person bezeichnet, die sich unkonventionell oder kontrovers verhält.

[2] Geisha, ein Mitglied einer professionellen Klasse von Frauen in Japan, deren traditioneller Beruf es ist, Männer zu unterhalten (Britannica)

anerkannt. 1948, wenige Monate nach der Veröffentlichung von *Gezeichnet* und eine Woche vor seinem vierzigsten Geburtstag, beging er mit seiner Geliebten in Tokio Selbstmord, indem er sich in einen Kanal des Flusses Tama stürzte.

Printed in Poland
by Amazon Fulfillment
Poland Sp. z o.o., Wrocław

13247916R00094